二見文庫

女性社長 出資の代償

桜井真琴

目次

女性社長　出資の代償

第一章　淫らな融資

1

（相変わらずキレイだな……どう見ても四十五歳とは思えないよなあ）

前田亮太《まえだりようた》は、元勤務先であるＩＴ企業「フィーチャークロス」の先代社長の三回忌に顔を出していた。

本来は出たくもなかった。

なぜなら、この先代の社長、そして現社長である先代社長夫人の津島彩花《つしまあやか》の二人から、さんざんパワハラを受けて精神を病み、退社したのである。

だが参列したのは、ひとえに彩花に復讐できるチャンスが訪れたからだ。

（津島社長……いや、以前の呼び名にするか……彩花奥様。ようやく、僕のものにされる日がきたんですよ）

彩花に舐めるようないやらしい視線を送り、亮太はほくそ笑む。

ゆるやかにウェーブしたミドルレングスの黒髪、切れ長で涼やかな目元。鼻筋がすっと通っていて、清楚で上品な美人ではあるが、ぽってりと厚ぼったい濡れた唇が、濃厚な色香を漂わせている。

長い睫毛を何度も瞬かせ、少し伏し目がちにした表情が、社長夫人の気品と未亡人の薄幸を見せていて、これが妙に男心をくすぐってくる。

（いつもは強気で生意気そうな社長が、あんな哀しそうな顔を……先代社長をよほど愛していたんだな）

だが、亮太の心に憐憫《れんびん》はない。

自分に対しての仕打ちを考えれば、いい気味だとしか思えないのだ。

旦那の跡を継いでIT企業の社長となった彩花だったが、社員に対する冷淡さはひどいものだった。

「どうしてそんなこともできないのかしら。グズねえ。あなたなんか、他のところでは絶対にやっていけないわよ」

業績が悪くなったことを社員に当たり、ノルマ以上のことを強要した。

そんなパワハラで心の病を発症させた亮太は、会社を辞めた。そして故郷に帰ろうと思ったときだった。

このままでは終われないと、一念発起して、新たな通販アプリ「パッスル」を開発した。

今までの通販アプリでは、注文しにくかったり、ネットに疎い女性に見えにくかったりしたので、それをすっきりとさせて注文しやすくしたのである。

これをネットベンチャーの集いで見せたところ、大絶賛された。

その中で元銀行マンの根岸《ねぎし》という男に出会い、この男が様々な出資を募ってくれたおかけで、今、亮太の会社「ユニバーサルフラップ」は二部上場を果たして、時価総額はフィーチャークロスを遥かにしのぐまでになったのだった。

(奥様、感謝してますよ……あなたのおかげで、ここまでこられた)

わずか二年で、プログラムしかできなかった男は、二部上場の社長になれた。

根岸は最初から戦略的で、

「売れている会社の社長は、メディアなどに出て、安心と信頼で株価をあげるべき」だと言い、やりたくもないマスコミ対応の仕方や、取材時のメイクやボイストレーニングまで、様々なことをさせられてIT業界では、それなりの顔の売れる存在になったのだった。

それもこれも、彩花を手に入れるためだ。

いつかは、フィーチャークロスを買収し、未亡人である彩花をものにするための……。

彩花にはひどい目に遭ったがしかし、元々は憧れていた存在だった。

社長夫人としてオーラがあり、凜《りん》としていながらも、優しい面があったのだ。

しかし自身が社長になってからは、業績の悪化もあって、性格ががらりと変わってしまった。

受けたパワハラの傷はまだ癒やせていない。

だから復讐もあるのだが、それよりもだ。

彩花が欲しかった。

どうしても……そして今がそのチャンスのときなのだ。

亮太がほくそ笑んだとき、彩花がすっと立ちあがり焼香をした。

その喪服姿を見て、亮太は思わず唾を飲み込んだ。

タイトな黒のジャケットに、大粒の真珠のネックレス、そしてスラッとしたふくらはぎをのぞかせる膝丈の黒いフレアスカート。

(くうう、細いのにムチムチとしていい身体だ。大きな尻でスカートがピチピチに張りついて……それに昔から変わらず、胸のデカさといったら……Fか、Gカップくらいだろうな)

しっとりと上品な喪服姿だが、身体つきは官能美にあふれ、成熟した色香がムンムンと匂い立つばかりだ。

(先代社長が死んで二年も独り身か……あんないい身体、ひとりじゃ持てあますだろうに)

亮太は下卑た想像をして、股間を熱くさせてしまう。

ようやくだ。

社長夫人であった頃は、彩花は亮太に優しくしてくれた。

そのときは童貞だった。

まだ女を知らぬ亮太にとって、深夜の残業のときにやってきて「身体を壊さないでね」と言ってくれたり、社長の自宅に招かれて、料理まで教えてくれた年上の美しい女性は、母性とともに性的な魅力にあふれていた。

だからだ。

パワハラを受けても、彩花のことはずっと好いていた。

ガマンしようと思っていた。

しかし、自分の能力を正当に評価してもらえない会社には、いてもしょうがないと思ったのだった。

(旦那では味わえなかった快感を与えてあげますよ。そのとき、奥様がどんな顔をするのか楽しみだ)

住職が読経を終えると、施主である彩花とその娘の沙希《さき》が立ちあがって、参列者たちに頭を下げた。

(あれが娘の沙希か……母親には似てないが、しかし可愛いな)

栗色がかった艶々したボブヘアに、丸い小顔。

くりっとした目は大きくて、黒目がちで実に愛らしい。

可愛らしいが、気は強そうだ。大きな目が意志の強さを物語っている。

(しかし、この娘もスタイルがいいな)

喪服の上からでもプロポーションのよさはバッチリわかる。

すらっとしているが、胸や尻はしっかりとボリュームがある。

グラビアアイドルによくいるような、痩せているのにおっぱいとお尻だけが大きいという悩ましい身体つきだ。

（二十五歳か……人妻だからかな。若いのに腰つきがいやらしい）

娘の沙希は昨年、結婚したばかりだ。

（たしか、以前一回だけ見かけたことがあるな……あのときから可愛いと思ってたんだよなあ……奥様だけでなく、この娘も……）

亮太はギュッと拳を握る。

邪《よこしま》な考えで股間をふくらませていたときだった。

みなが帰り支度をしている中で、彩花がすっと寄ってきて頭を下げた。

「前田さん、今日はご参列ありがとうございました」

亮太はドキッとしながらも、緊張を隠すように薄笑いを浮かべ、

「社長、お久しぶりですね。相変わらずおキレイで」

場にそぐわない軽口を叩くと、彩花は切れ長の目を細めて、いやなものでも見るように顔を歪ませる。

「……これからお客様とのお話がありますから……夕方、私の家でいかがですか？」

彩花が敬語を使うので、思わず失笑してしまう。

「昔の部下じゃないですか。そんな丁寧な言葉遣いをしなくとも、あのときみたいに、グズで使えないヤツと罵《ののし》ってもらって結構ですよ」

亮太が皮肉を言うと、彩花がキッと睨んできた。

だがそれも一瞬だ。すぐに目を伏せて淡々と話してくる。

「……では、夕方でよろしいですね。時間は後ほどお伝えします」

「いいですよ。それと念押ししますが、取引するのは社長とだけです」

彩花はわずかに不安げな顔を見せるが、そこは社員百名という規模の会社をまとめる代表である。

凛とした表情で髪をかきあげると、

「わかりました」

とだけ言い残して、他の参列者のところへ向かう。

(元気がないな……まあ会社がつぶれそうなんだから、無理もないか)

フィーチャークロスが銀行からの融資を受けられなくなったと聞いたのは、半年ほど前のことだった。

実は先代社長のときから業績は少しずつ悪くなっていったのだが、彩花が社長になってそれは決定的になった。

なにせ彩花はもともと営業畑らしく、技術のことがあまりよくわかっていなかった。

だからITのプログラマーたちに無茶なノルマを課して、それができないと罵ったために、優秀な人材がやめていったのだった。

IT業界はスピードが命だ。

新しいものを開発できない会社は、あっという間に淘汰される。

前社長のときは、インターネットの新しい検索エンジンを作り出して、それが売れて大きくなった。

いまでもまだその遺産で食べていくだけでは、将来はない。

すべての銀行、そして投資会社もさじを投げたときに、亮太が話を持ちかけたのだ。投資をしてやると。

(奥様はいやだろうけど、その投資がなければフィーチャークロスは終わりだからなあ)

彩花は亡き夫の会社を死んでも潰したくないと思っている。

愛する夫が精魂注いだ会社だし、家族のように接してきた幹部連中のこともある。

(僕たちにつらく当たらなきゃ、アットホームでいい会社だったのに)

だからこそ、会いたくもないだろう自分が追い出したも同然の社員にすがり、こうして人目を避けて会いたいと言ってきたのだった。

亮太は彩花の喪服の後ろ姿を見つめながら、残り香を吸い込んだ。

甘い柔肌の匂いにうっとりする。

勤めているときに、この匂いを嗅ぎながら、タイトスカートで闊歩する彩花の妖しげに揺れるヒップを見るのが楽しみだった。

彩花を目で追っていると、ふいに娘の沙希と目が合った。

彼女は亮太と入れ違いで母親の会社に入社したから、亮太とは面識がない。

だが彼女は屈託のない笑顔で、亮太に軽く頭を下げてくる。

その仕草が可愛らしくて、亮太は胸をときめかせてしまう。

(いい娘だな……だがまずは母親からだ)

彩花はまだ年配の男に、愛想を振りまいている。

まさか今日、旦那の会社の存亡と引き換えに、自分の身体を差し出すことになるなど夢にも思っていないだろう。

亮太は心の中で黒い欲望をふくらませつつ、改めてじっくりと彩花の全身を舐めるように見つめるのだった。

2

（もう二年になるのね……）

彩花は斎場から帰ってきてから、夫の仏壇の前に座り、ぼんやりしていた。

夫が興《おこ》したＩＴ企業フィーチャークロスは、検索エンジンのプログラムや、スマートフォンのアプリ開発などで売上げを伸ばし、社員百人規模にまで成長を遂げた。

だが、これからさらに事業の拡大をというところで、夫は突然事故で亡くなってしまったのだった。

（優しい人だった……子どもみたいにひとつのことに夢中になると、ご飯を食べることも忘れて……）

悲しみに暮れる中、夫が大切にしていたこの会社を潰すまいと、彩花は必死で事業を続けてきた。

しかし、ＩＴ企業はなによりもそのスピードが命だった。ライバル会社の台頭で、会社はあっという間に売上げが落ち込んでしまった。

焦った彩花は実績を出そうと、現場のプログラマーたちにつらく当たってしまった。

これがさらに裏目となり、優秀な社員を追い出すことで、会社は銀行の融資も受けられなくなるほど、厳しい状況に追い込まれたのだった。

「奥様、お客様が」

襖の向こうから、ハウスキーパーの絵美《えみ》が声をかけてきた。

ぼんやりしていた彩花はハッとして、柔和な表情を引きしめる。

「今行きます。応接室にお通ししておいて」

彩花は喪服を着替える間もなく立ちあがり、応接室に向かう。三回忌法要と会食をこなして肉体は疲れ切っている。

だが、この約束だけは無下《むげ》にはできない。

(いったいホントの目的はなんなの……)

廊下を歩きながら、彩花は不安で胸を締めつけられていた。

前田亮太。

フィーチャークロスで開発部門にいた、ITのエンジニアである。

能力があったことは認めるが、まさかたった二年でベンチャー企業を興し、上場企業になるほどに成長させるとは思ってもみなかった。

(私を恨んでいるでしょうに……それがどうして……?)

投資を言い出したのは、亮太からであった。

もちろん頼りたくなかった。

自分が彼につらく当たったことは自覚しているからだ。

それでもどの銀行からも融資を断られ、投資会社からはこれからの期待されるイノベーションとしては、最低ランクの格付けをもらってしまった。

これから先、画期的なものをつくり出さなければ、未来永劫融資や投資は受けられないと、烙印を押されたようなものだった。

そんなときに、亮太から当面の運転資金五千万の融資の話をもらった。

五千万あれば半年は会社が持つ。

その間に、あの新規事業さえうまくいけば、会社はまた軌道に乗せることができるはずだった。

夫の残した会社のために、死ぬ気で彼の申し出を受けた。

それしかもう会社存続の道はなかったのだ。

(それにしても、一体、条件というのは……)

彼と会うのは、出資をお願いするためである。

だが彼は、そのときに条件を話す、と言ってきた。

(個人的な恨みでフィーチャークロスの株を奪おうとしているのかしら……それならきっぱりとお断りだわ。他の人間の手に落ちたら、夫の会社は夫のものでなくなる……あくまで私が、あの人の意思を受け継ぐのよ)

彩花は応接室のドアをノックして開ける。

ソファに座っていた亮太が、ニヤリ笑いながら頭を下げた。

(ウチにいたときは、挨拶もまともにしなかった子なのに……)

変わりように驚きながらも、

「お待たせしました」

と、頭を下げて向かいに座る。

「喪服のままでごめんなさい。着替える時間がなくて」

彩花がぎこちなく笑うと、亮太は細い目をさらに細めた。

「いや、いいんですよ。社長。しかし喪服が似合いますね。色っぽい」

笑う亮太の視線が、タイトスカートから伸びたふくらはぎや、ジャケットを押しあげる胸元にそそがれるのを感じた。

(な、なんなの……)

彩花は身を強張らせて、両の膝頭をぴたりくっつける。

昔から胸が大きいことで、彩花は異性の視線を集めてきた。だが、今の相手は彩花より二十近く歳下の青年である。

自分のような歳を重ねたおばさんに、邪な感情は持たないだろう。気のせいだろうと、咳払いをする。

「条件というのは？　ウチの株を取得するなら、社内会議を開かないと」

「株なんて……もっと簡単なものですよ。社長、いや元の呼び方に戻させてもらいますよ、奥様……」

亮太は立ちあがると、彩花の隣に座る。

彩花は身の危険を感じて、ソファの反対側の端まで移動した。

「な、なにを……なにを考えてるの？　まさか……会社の乗っ取り？」

気丈な彩花も、亮太の尋常ではない雰囲気に圧倒されて、ソファで身体を縮こまらせている。

それを見て亮太は、不穏な笑いを漏らした。

「乗っ取りかぁ。それもいいですけど……じゃあ出資の条件をお伝えしましょうか。簡単です。条件は奥様が僕のものになること」

「え……？」

一瞬、ヘッドハンティングかと思った。

しかし、亮太の視線が自分の腰のあたりに注がれるのを感じてハッとなった。

「ようやくわかったみたいですね。そう、奥様の身体と引き換えですよ。奥様が僕に抱かれれば、出資をすると言ってるんです。五千万の身体だ」

「なっ……！」

思いがけぬことを言われ、彩花は目を見開いた。

「ふ、ふざけないで……いくつ違うと思ってるの？　こんなおばさんを、そんな……あなたのお母さんくらいでしょう？」

「年齢でいえばそうですね。でも奥様は魅力的ですよ。ご自分でもわかっているでしょう？　おばさんなんて言っても、まだ男のいやらしい視線を十分に集める性的な存在だってことくらいは」

「そんなわけないわ……」

声が震えた。

想定外の条件を言われて、頭の中が真っ白になる。

（まさか、目的が私だなんて……）

亮太が真剣な面持ちで近づいてくる。

慌てて逃げだそうとすると、その手をつかまれて革張りのソファに押し倒された。タイトスカートが大きくまくれて、黒いストッキングに包まれた太ももが露わになる。

「好きだったんですよ、奥様のこと」

のしかかりながら、亮太が告白をする。

「え？　な、何を言ってるの……？」

亮太のどす黒い目を見て、いやな汗が背中を伝う。

（衝動的じゃないわ。この子はずっとこのチャンスを狙って……本気だわ）

押し返そうとしても、びくともしなかった。

やはり痩せてはいても男である。逆に抵抗どころか、脚を太ももの間に差し入れられて、抗いを封じられてしまう。

「い、いい加減になさいっ。こんなことをして、ただではすまないわよッ」

必死で社長としての威厳を見せようとする。

自分の身体は、亡き夫のものだ。他の男に抱かれるなど考えたこともない。

ましてや部下だった子に、身体を奪われるなんて……。

「……聞いてるの？　離しなさいっ！」

「聞いてますとも。初めて会ったときから、ずっと奥様のこの大きなおっぱいを好きにしたいって思ってましたよ。プライドの高そうな美貌も、快楽によがらせてみたいなあってね」

「か、快楽……？　バカなことを言わないで。誰があなたなんかに……」

「それはどうでしょうね。二年もご無沙汰なんでしょう、四十五歳でしたっけ？　年齢的にもまだ女盛りじゃないですか。それに先代社長は、性的に淡泊そうだったし……僕の方が奥様を感じさせてあげられると思うなあ……」

言いながら、亮太の手が滑り下りていき、黒のタイトスカート越しのヒップを撫でまわしてくる。

「いやっ、やめてっ……やめなさいっ、くうっ」

五本の指がねっとりといやらしく、尻肉に食い込んでくる。

あまりのおぞましさに、彩花は身をよじらせた。

しかし亮太はおかまいなしに、乱暴にヒップを弄《もてあそ》んでくる。

「ああ、このデカ尻……たまりませんよ……柔らかいのに、弾力がある。思った通り極上のヒップだ。ご存じですか？　社員はみんな奥様のぷりぷりしたお尻の形を目に焼きつけて、オナニーしてるんですよ」

「ふざけないでっ……いやらしいことを言うのはやめなさいっ」

恥ずかしさに、カアッと身体が熱くなる。

男性社員の淫らな視線はなんとなく感じてはいた。

だが実際に自分の身体が、性的な欲求に使われていると聞いて、平然となどしていられなかった。

「ハア……いい匂いだ。奥様の肌……ミルクのように甘くて……」

開いたジャケットからのぞく、黒いシルクブラウスに包まれた胸に、亮太が顔を近づけてくる。

「うわっ、やっぱりすごいおっぱいだ。夢みたいですっ、奥様」

「ああンッ……よ、よしてっ……い、いやあぁっ……こんなおばさんを抱いて、なにが楽しいのっ」

胸に顔を埋められて、彩花は悲鳴をあげた。

凜とした勝ち気な表情が歪む。

亮太はそのまま顔をずりずりとあげてきて、ねろねろと首筋や耳の後ろに舌を這わせてくる。

「やっ、やめっ……いやっ……な、なにを考えてるのっ、この身体は夫の……英《ひで》男《お》さんだけのものよ、他の男に……それも、あなたみたいな卑怯な男なんかに触らせるなんて」

くすぐったさと、唾液の気持ち悪さが伝わってくる。

彩花が必死に藻掻くと、亮太は舌責めをやめて忍び笑いを漏らした。

「じゃあ、融資はなしでいいんですか？」

亮太が目を細めて言う。

「もし奥様が抱かせてくれなければ、この話はなしです。旦那さんの会社は……すぐに倒産して……借り入れもありますから、個人負債もすごいことになりますよ。奥様だけでなく、娘さん、そして娘さんの旦那さんもかな。みんな路頭に迷って……ああ、確かあの豪邸もすでに担保でしたよねえ」

「なっ」

彩花は目を見開いた。

（完全に、うちのことを調べあげてきたのね、私が逃げられないように）

狼狽《うろた》えた顔を見せると、亮太が笑う。

「おわかりいただけましたね。さあ、とりあえず、このソファによこになってください。抵抗したら、奥様とお嬢様は終わりです」

「くっ……」

彩花は唇を噛みしめる。

こんな卑劣なやり方で、身体を奪われたくはなかった。

だが亮太の言うとおりだ。

彼の会社から出資を断られれば、おそらくどこからも融資は受けられまい。

夫のフィーチャークロスは潰れ、莫大な個人負債を抱えることになる。

「わ、わかったわ……逃げないわ……だから、乱暴にしないで」

彩花は目を閉じて深呼吸し、それからソファに身体を横たえたまま、身体の力を抜いた。

(なにも考えなければいいのよ……そうよ……あなた、これは会社のため、沙希のためなの、許して……)

「亡き夫に操を立てる未亡人か。派手な美人なのに身持ちは堅いって……最高ですよ、奥様」

「あ……！」

彩花はビクッと震えて、顎を跳ねあげた。

亮太が太もものあわいに差し入れた右足で、彩花の股間に小刻みな振動を与えてきたのだ。

「や、やめてっ……あっ……あっ……」

亮太は右膝を使い、彩花の股間を刺激してくる。

（あああ……だ、だめっ……）

いやなのに、身体が熱くなって肌がじっとりと汗ばんでくる。いやらしい匂いだった。

（だ、だめよっ……へんな気持ちになってはいけないっ……あッ……！）

身体をよじって逃げようとしたときだ。

彩花は下腹部に押しつけられた、硬くて熱いモノにたじろいだ。

まぎれもなく、淫靡な熱気を孕んだ男性の陰部だった。

上から組み敷かれつつ下を見れば、元部下の子のズボンの中心部が、異様なほどふくらんでいた。

（な、なんて大きいの……）

布地越しにも、熱い脈動が伝わってくる。

「ククッ……奥様、お顔が真っ赤ですよ。ああ、おっぱいからドキドキが伝わってきますね。僕もほら、ここがドキドキしてるんです」

「ひっ！」

いつの間にか亮太は自分のズボンのフラップボタンを外し、ファスナーを下ろしていた。

亮太の手が彩花の手を導き、ブリーフ越しのふくらみを触らせにくる。

「熱いっ……い、いやっ……！」

慌てて手を引っ込ませようとするも、亮太は上から手を被せてきて、勃起をギュッと握らせてくる。

（な、なんなの……この太さ……怖いっ）

彩花が怖がった顔をすると、亮太が笑う。

「女優さんみたいにキレイだから、男性経験は豊富だと思ってましたよ。それなのに、この可愛らしい反応……うれしいな……ああ、憧れの奥様が僕のチ×ポを触ってる……たまりませんよ。いじりっこしましょうか」

ハアハアと息を荒らげる亮太が、彩花の開かされた脚の中心部に手をおいて、中指と薬指でこすりはじめた。

「や、やめて……あ、ンッ……！」

敏感な部分を指でいじられ、たまらず彩花は腰をうねらせる。

黒のタイトスカートはさらにまくれあがり、黒いタイツに包まれたパンティが露わにされてしまう。

「タイツから透けて見えてますよ。奥様、今日の下着は白なんですね。喪服に合わせて黒かと思ってたのに……いいなあ。さすが清楚で上品な奥様だ」

ねちっこく、パンティとタイツの上から秘部を指でこすられる。

「あ、い……いやっ！」

魔手から逃れようと、無理に両手を振りまわしたときだった。

「痛ッ！」

亮太が右の頬を押さえた。

右手が偶発的に当たったのだ。

「ここまで抵抗するなんて……でも奥様、忘れないでくださいよ。ウチが出資しなければ、旦那がつくった会社はパアになることを」

馬乗りになったまま薄ら笑いする亮太を、彩花は睨みつける。

「どうして？　どうしてこんな、いい歳のおばさんなんかに、あなたは固執するの？　私なんか抱いてもおもしろくないわ……」

本気で問うたつもりだった。

しかし亮太はその言葉をカモフラージュと思ったようで、嘲笑する。

「またそんなことを……奥様の身体はまだ熟れ頃じゃないですか。奥様さえうんと言えば、第二弾の出資も考えてもいいんですよ。奥様が『私の身体を自由にしていい』と言うだけです」

「そんなことまで言わせるの……？」

思わず悲痛な声を漏らしてしまい、彩花は唇を噛む。

（ああ……あなた……）

心の中で彩花は夫に詫びる。

「わ、わかったわ」

震える声でそう告げて、身体の力を抜く。

「……私の身体……あなたの好きにしたらいい。でもこんな年増なんだから、若い子のご期待には添えないと思うけど」

「……余計な言葉はいらないですよ。ああ、ついに奥様と……」

歓喜に震える亮太が目を輝かせる。

そして馬乗りになったまま自らのジャケットを脱ぎ、シャツのボタンを外しながら、冷たい目で見下ろしてきた。

3

（あなた……許して……）

彩花はソファに仰向けに押し倒されたまま、亮太に組み敷かれた。

右手をつかまれ、亮太の股間に再び導かれる。

その右手が熱い塊に触れ、彩花はハッとして、すぐに顔を赤くする。

亮太はすでにズボンとパンツを脱ぎ捨てており、直に滾《たぎ》った性器を握らせてきたのだ。

（な、なにこれ……夫のものとは全然違ってる）

手のひらが焼けそうなほどの、熱くて太い肉棒が、手の中でピクピクと脈動している。握っていると畏怖すら感じてしまうのだ。

「ああ……しっとりして、たまらないですよ、奥様の指の感触……それに喪服っていうのが、未亡人の色気ムンムンでそそりますね。なるべく喪服が脱げないように抱いてあげます」

握らせながら、亮太が耳元でねっとり囁いてくる。

（喪服を着たままなんて……）

「い、いやよ、そんな……ああっ……」

悲鳴が途切れる。

亮太が片手で肉茎を握らせながら、器用に彩花のブラウスのボタンを外しにかかったからだ。

「おっぱいが大きすぎるから、ボタンが外しにくいな……奥様、きちんとチ×ポを握っているんですよ。離したら、許しませんからね」

亮太は念を押すように言うと、両手で黒いブラウスのボタンを、上からひとつずつ外していく。

勃起から手を外して抵抗したくとも、やはり会社が人質だと思えば、口惜しいがなすがままにされるしかない。

「ああ……」

ブラウスの前を左右に割られる。

フルカップのブラジャーでも押さえきれない豊かな乳房が、たゆんと揺れながらまろび出る。

精緻な刺繍の入った白いブラジャーは、特注でつくったものだ。

「うわっ……す、すごいっ……」

亮太が顔を近づけてくる。ペニスがうれしそうに彩花の手の中でピクピクと動いている。

「い、いやっ……見ないでっ」

手で隠そうとするが思いとどまり、亮太の怒張を握り続ける。

黒い喪服の下の肌がしっとり汗ばみ、蒸れるような熱気が立ちのぼってくるのを感じる。

(私の身体……汗ばんで……ああん、なんていやらしい視線なの……)

血走った亮太の両の眼が、ねっとりと白いブラ越しの乳房に注がれる。

「ああ、奥様のおっぱいだ……」

両手でブラ越しに揉みしだかれた。

「くぅぅ……」

力強く指を食い込まされ、思わず勃起から手を離して身をよじってしまう。

「誰が外していいって言いました？　罰としてチ×ポを握って、ゆっくりシゴいてください。やり方がわからないなんてダメですよ。四十五歳の未亡人だ。手コキくらいしたことあるでしょう？」

じっと見つめてくると、狼狽えてしまう。

だが負けてはいけないと自分をふるいたたせ、彩花は涼やかな目で「こんなこと、なんでもないわ」という風に睨み返す。

「……わかってるわ……だから、さっさとすませなさい」

すました顔を演じつつ、こわごわと肉棒を再び握る。

（ああ、怖いっ……こんなものを私の中に入れようというの……？）

震える指を勃起にからませながら、しかしこれはチャンスだと考え直す。

（そうだわ……手で導けば……男の人は続けてできない。せめて挿入だけは回避できるかも）

彩花は気持ち悪さを押さえ込みながら、ゆっくりと根元から亀頭部までをこすりはじめる。

手で導いたことは、何度かある。

夫のことを思い出すのはつらいが、今はどうしようもない。夫の感じた部分を思い出し、極太のカリの部分や鈴口を指の腹で愛撫する。

「くうう……たまりませんよ……その調子です。ああ、奥様の手コキなんて夢みたいだ。一回出してこなかったら、やばかったな」

亮太はニヤニヤ笑う。

(最初から、私を狙っていたのね……でも、それでも……)

喪服のまま、挿入されることだけは防ぎたい。

彩花は上になっている亮太の、分身を必死に手でこする。

必死だった。

「ハア……ハア……ああ、気持ちいいですよ、奥様」

生臭い息が顔にかかる。

不快で顔をしかめつつ、手コキを続けていると、亮太の手がブラウスの隙間から侵入し、背中にまわって白ブラジャーのホックを外してしまった。

「あっ……!」

ブラがくたっと緩み、乳房がこぼれ落ちるように露出する。

支えを失ったゆたかなふくらみが、ぶるんと弾む。

まだ張りはあるがしかし、年齢を重ねてさすがに垂れ気味で、左右にのっぺりと広がってしまう。

（いやぁぁ……）

恥ずかしくて手で隠したいのに、両手は勃起をつかんでいる。

どうにもできないと、口惜しげに唇を噛みしめた。

「すごいっ……年齢のわりに張りがあって……清楚な奥様に似合わず、うわあ……いやらしいおっぱい……」

「い、言わないでいいわっ……だ、黙りなさいっ」

真っ赤になっていやいやすると、亮太はフンと鼻で笑い、

「褒めてるんですよ。奥様……乳輪は大きめなんですね、おや……へええ、奥様って、陥没乳首なんですね。可愛い」

「ああっ、もうやめて……言わないで……あうううっ」

汗ばんだ指で乳肉を食い込むように揉みしだかれ、彩花は背中を大きくのけぞらせる。

手の中の勃起はますます猛り、そのいやらしさに導かれるように、彩花も甘酸っぱく香る汗をにじませてしまう。

「熟女のおっぱい、もちもちして……揉みごこちがたまらないな」

「やめてっ……ああっ、そんなにしないでっ」

汗ばんだ乳房は、亮太のごつごつした手によって、力任せにひしゃげられて、いやらしくつぶされたり、寄せられたりする。

おっぱいを揉んで興奮したのか、彩花が握らされている肉茎の先端が、じんわりと濡れてきていた。

（ああっ……いやっ……）

男性が興奮してくると、ガマンできなくなって先端から透明な液体を出すことは知っている。

しかし、これほどぬるぬるしたものが指にまとわりつくのははじめてで、夫ではあり得なかった大量の潤みに彩花は動揺する。

（こ、こんなに濡れるものなの……？　ねちゃねちゃして……ああ、私の身体に興奮して、いやらしい体液を……）

ぞっとするほどの嫌悪を感じながらも、なぜか身体が熱く火照ってしまう。

冷静でいるのよ、と自分を叱咤《しった》しても、心臓の高鳴りと体温の上昇がとめられないのだ。

「あれぇ……おっぱいが張ってきましたよ。ホントに久し振りなんですねえ。熟れた身体が、こんなにも男を欲しがっているなんて……」

「バ、バカなことを言わないでっ」

なんとか睨みつけるも、彩花は息があがってきているのを隠せない。

「そうかなあ、でも、奥様……こんなに全身が汗ばんできて……」

乳房をとらえていた右手が、すっと腋窩を撫でてくる。

「あっ！　や、やめてっ……」

逃げようとした両手をつかまれて、また勃起の上に重ねられてしまう。

亮太は彩花の手をいきり勃ちにかぶせながら、片手でしっとりした腋窩を撫でてくる。

「ほうら、腋の下が濡れて、ブラウスに汗ジミができてる。奥様みたいな美熟女が、こんなに腋をぐっしょりさせて……」

「んんっ、さ、触らないでっ」

悲鳴をあげても、亮太は怯まない。

さらに彩花の片手を上げさせ、恥ずかしい腋窩に顔を寄せてくる。

「んー、最高ですよ。奥様のもわっとした、腋の下の甘酸っぱい匂い……」

「ああ、へ、ヘンタイ……か、嗅がないでっ！」

三回忌法要や会食で緊張し、いつもより汗をかいてしまったのだ。洗っていない腋汗を嗅がれるなど、こんな屈辱的な仕打ちははじめてだ。

「フフッ、嗅がないで、と言われても、奥様からいやらしい匂いがムンムンしてくるんですから、おや、おっぱいも汗ばんだ匂いがして……陥没乳首が勃ってきてるじゃないですか」

腋窩から今度は、柔らかな乳房に顔を寄せられて、乳首を舐められる。

「あ、あんッ！」

ぴりっと甘美な刺激が乳頭に走り、思わず彩花は女の声を漏らす。

「すごい反応じゃないですか。熟れたバストは感度もいいんだなあ……ああ、もっと乳首が硬くなってきましたよ」

さらに口をつけられて、チュッと吸引されると、むず痒い刺激に腰が自然とうねってしまう。

「ハア……ハア……ああんっ……も、もうやめてっ……」

夫のものであった乳房が、他の男の唾液まみれにされていく。

屈辱と憎悪しか湧かないのに、息があがり、ますます声が甘く、甲高いものに変わっていく。

(だめっ……どうして……声が出ちゃうの)

さらに指先で、乳首をキュッとつねられると、

「……ンンッ!」

久しぶりの刺激に、腰が揺れる。

身体の奥の女の部分が、目覚めさせられていくのを感じてしまう。

(い、いけないわ……こんな……あっ……ああっ……)

感じてはいけないと思うのに、身体の奥が熱くなって下腹部にいよいよ違和感が生じてくる。

「奥様、いい匂いがしますね。それにどこもかしこも甘い味がするし……旦那さんが亡くなってから、誰にも触らせてないなんて、もったいない」

「ううっ……やめてっ……あっ、ふぅぅンっ」

乳首をいじられながら、耳の後ろを舐められる。

快楽の波がまたもや身体の中を走り抜け、熱い吐息が漏れてしまう。

「感じてくると、みんなエッチな声を出すんですね。普段はあんなにきりっとして、男なんかって感じで隙がないのに……甘える声が可愛いですよ」

「なにを言って……ンッ……あっ、よし、よしなさいっ……ンッ、あっ……あっ

「……あふぅんっ……」

ガマンしようと思ったのに、今度は太ももに差し入れられた手で、パンティとタイツの上から恥部をこすられて、媚びた声を漏らしてしまう。

「ああ……そんな色っぽい、とろけ顔ができるなんて……ほら、もっと素直になって楽しんでくださいよっ……奥様っ」

「わ、私は楽しむつもりなんか……あ、はああっ……」

指先がパンティ越しの恥部に触れ、電気のようなものが走りって、腰がうねってしまう。

もう肉竿はガマン汁でべとべとになり、彩花の手をぐっしょり濡らしてしまっていた。

4

（たまんないな……四十五歳とは思えないくらい、反応が可愛い……）

憧れだった社長夫人を組み敷いて、亮太は有頂天になっていた。

気持ちは急いているのだが、これほどまでに滑らかに、彩花を辱《はずかし》める台詞が出てくるとは思わなかった。

（これも……ずっと想っていたから……やっぱり美咲《みさき》ちゃんで練習していてよかった……それにしても、想像以上の身体だな……興奮する）

美咲というのは、亮太の社長秘書である。

顔立ちも性格的にも、彩花に似ていたから採用し、そして少し乱暴なことをしてセフレにしたのだった。

太ももの間に差し入れた手で、柔らかいスリットを刺激しながら彩花の顔を覗き見る。

普段はキッとした涼やかな目元がねっとり赤く染まり、細眉がつらそうにハの字を描いている。

切れ長の目は今にも閉じようと、とろんとした目つきだ。

さらには厚ぼったいセクシーの唇も半開きになり、ハアハアと熱い喘ぎをひっ切りなしに漏らしている。

「くううっ、奥様の感じている顔……エロすぎますっ」

そう煽れば、彩花は必死に表情をつくり、

「か、感じてなんかいないわ」

と取り繕うのだが、少しでも愛撫の調子を強めれば、

「あっ……あっ……んっ……んくぅ……」

セクシーな喘ぎ声を漏らし、ほっそりした腰をうねらせて、顎をせりあげてしまうのだ。

(奥様って感じやすいんだな……くうう、色っぽすぎるだろ……)

しかもだ。

抗いの言葉とは裏腹に、チ×ポを握らせた手は物欲しそうにさかんにシゴいてくる。心では拒んでいても、欲しがっているのがありありだった。

(オナニーしておいてよかった。そうじゃなかったら、もう暴発してる。こんないやらしい触り方……インテリの女社長で身持ちの堅い未亡人も、一皮剝けば牝って感じだな)

しつこくパンティの上からおま×こをいじると、さらに女社長の身悶えは激しくなる。

そしていよいよだ。指先に湿り気を感じはじめていた。

「ああ、奥様……おま×こが湿ってきましたよ」

彩花は一瞬ハッとした顔をするも、恥ずかしそうに顔を横に振る。

（四十五歳のくせに、ホントに少女みたいだな）

「濡れてないと？　なら見せてもらいますよ。ああそうだ……上が喪服を着たままで、下がすっぽんぽんという格好もいやらしいな」

「そんなっ……」

彩花は勃起から手を離し、脱がされまいと必死で黒のタイトスカートを押さえつける。ブラウスを脱がされているから、大きな垂れ気味のおっぱいが、ぶるんっと揺れ弾む。

両手を引き剝がし、無理矢理に黒タイツをビリッと破った。

「イヤァァ！」

白い太ももが剝き出しになる。

普段は細身に見えるが、やはり熟女だ。

スカートをまくってみれば、太ももはむっちりと肉感的で、細腰からヒップへのすさまじいボリュームが、熟れた女を感じさせる。

たまらず黒タイツを指で裂きつつ、両脚を思い切り広げさせ、太ももを押さえつける。

熟女の恥ずかしいM字開脚を披露させると、白いパンティが丸見えになる。

「ああっ、よしてっ……いやっ……いやっ……」

逃げようとするも、亮太は全力で両脚を押さえつけた。

隙のない美人社長が、大きく脚を広げられてあられもなく白パンティを丸出しにされている。

そのみだりがわしい姿を見ているだけで、全身の血がカアッとめぐる。

もう夢中になって、白い太ももをやわやわと揉んだ。

指が沈み込むような、とろけるような柔らかさだった。

若い女のパンパンに張った太ももとは、まるで違う揉み心地だった。

(やっぱり、若い美咲ちゃんとは、身体の張りが違うんだなあ。どっちも捨てがたいや)

美咲とも練習をしたし、社長仲間に連れられて、高級な風俗店に何度も連れていかされただけの経験はある。

(もっとも、そんな高級店でも奥様以上の美人はいなかったけどな)

長年の想いをぶつけるように、熟れきった太ももを揉みしだくと、

「ああんっ……ううんっ……」

いやいやしながらも、彩花の反応は可愛い女のものに変わっていく。

しかし、少女のような身悶え方でも、パンティが食い込んでいる部分から漂ってくる匂いはかなり濃厚で、まぎれもなく四十五歳の熟女のものだった。

もっと嗅ぎたいと、パンティ越しの盛りあがった部分に、鼻先を押し当ててみた。

「いやぁぁぁぁ！　もうやめてっ……や、やめなさいっ」

恥じらい、脚を閉じようとする女社長の両膝をしっかりつかみ、逆に大きく開かせながら、ねちっこく鼻の頭で恥丘を撫でてやる。

「はああっ、すごい匂いだ。清楚な奥様の発情したおま×こは、こんなにいやらしい匂いなんですね。磯っぽい香りがツンときて……」

「ああっ……いやっ、嗅がないで。発情なんかしてないっ……あああっ」

鼻先に湿り気を感じ、見れば白パンティのクロッチに小さな舟形のシミができている。

「もう濡らしてるじゃないですか。気持ちよかったんでしょう？」

ニヤニヤと笑って彩花の顔を見つめると、もう火が出るほど美貌を真っ赤に染めて「やめて、いやっ」と脚を閉じようとする。

息を喘がせながら、亮太は白パンティと破れた黒タイツに指をかけて、一気に引き下ろす。

「あっ！　だ、だめっ……」

彩花が押さえ込もうとするも、無駄なことだ。下着をつま先から抜き取り、熟女の下半身をすっぽんぽんにする。

「喪服を着たまま、下は素っ裸って……すげえエロい……」

「いやぁっ……こんな格好っ……」

女社長は恥じらって、股間の草むらを両手で隠した。

相当恥ずかしいのだろう。目の下を赤く染めて、いつもは吊りあがっている切れ長の大きな目尻に涙すら浮かべている。

その熟れた身体に残っているのは、前を開かされた黒いブラウスに、同じく黒のタイトなジャケットと首元を彩るパールのネックレスだ。

上品で淑やかな喪服姿なのに、豊満なおっぱいも、くすんだ色の乳首も、さらには何も身につけてない下半身も、すべて露わになってしまっていた。

いやらしかった。

プロポーションが抜群で、肉づきのいい四十五歳の美熟女が、熟れきった下半身だけを丸出しにされている情けない格好が、実に卑猥だった。

これなら全裸にされる方が、まだマシだろう。

「お似合いですよ、奥様」

笑みを漏らしながら、恥ずかしい部分を隠した両手を引き剝がしにかかる。

「いやっ……許してっ……見ないでっ……」

恥じらえば恥じらうほど、興奮が高まっていく。

匂い立つような色っぽい格好に、亮太は身震いすら覚えつつ股間をギンギンにさせて、両手を引き剝がして、再びM字開脚に押さえつけた。

「おおっ……これが奥様のおま×こ……」

わずかに盛りあがる肉土手に、色素の沈着した花びらが二枚、鎮座している。

両脚を開かされているから、ワレ目は開き気味で中から深紅の粘膜が、恥ずかしげに顔をのぞかせている。

「み、見ないでっ……見ないでって、言ってるのよっ」

キツく言われようが、見ないわけにはいかなかった。

「き、キレイですよっ、奥様……乳首とは違って、こっちはあんまり使い込んでいないんですね。中身はピンクで、蜜がとろとろだ」

美脚を広げさせたまま、鼻先を近づける。

恥臭と汗と、発情の獣じみた匂いが、ますます亮太の興奮に火をつける。

蜜を舌ですくってやると、

「あああんっ！」

彩花は叫び、細い背中を大きくそった。

さらにねろり、ねろりと薄桃色の粘膜に舌を這わせていくたびに、しっとりとワレ目が潤んでいく。

「う、ンッ、ンンッ……」

声が出てしまうのだろう。

彩花は指の背を噛んで、漏れ出る声を防いでいる。

恥じらい、身をよじってハアハアと息を弾ませつつ、逃げようとしても声音が次第に媚びたようになる。

「震えていますね、感じるんでしょう？」

舌責めをゆるめて、美熟女の顔を覗く。

彩花は指を噛んだまま、さかんに首を横に振っている。

だがその表情はうつろで、苦しげに眉間に縦ジワを刻んだ美貌が、なんとも淫らでたまらない。

舌先がついにクリトリスに達すると、

「ひぅっ……ううっんッ！」

彩花は喉を突き出し、のけぞった。

豊かなヒップがソファから浮き、腰がぶるぶると震えている。

(感度がいいな……すごい)

今度は舌先をすぼめて肉豆をつつき、さらに唇をつけてチュッと吸引すれば、

「やっ……ううんっ、いやぁぁぁぁ……！」

もう指を噛むこともできずに、彩花は乱れはじめた。

清楚で上品、それでいて凜とした未亡人が官能に翻弄されていく様が、たまらなく色っぽかった。

「……すごい反応ですね」

ねろねろとクリトリスを舐めながら彩花を嬲《なぶ》れば、

「や、やめて！　もうやめて……もう許してっ……」

ぐっしょりと、おま×こを濡らした彩花が泣き顔で哀願してくる。

「やめませんよ、素直になってください。イキそうなんでしょう？」

舌先でクリをつつき、手を伸ばしておっぱいを揉みしだく。

「だ、だめっ……そんなの……あっ……あああっ……」

彩花は恥ずかしさに顔を歪ませ、爪でソファを掻き毟る。

(もっとだ。もっとですよっ)

舌先で陰核を舐め転がしつつ、今度は中指と薬指を濡れた恥裂にあてがった。

「あ、あっ……」

彩花が切なげな、怯えた視線を見せてくる。

その美貌を見すえながら、指先を浅瀬にぐいと差し込んでいく。

「ンッ、んっ！」

「ほうら、指がこんなに奥まで軽く入って……」

ぬぷぷと音をさせて、ゆっくりと指をぬかるみの奥に挿入させると、

「あ、あンッ！」

彩花は声をあげて、クンと顎をそらして身悶えた。

あっという間に媚肉が二本の指を包み込み、キュッ、キュッと根元から締めつけてくる。

「さすが熟女だ。おま×こがとろっとろで、食いつきがいいですねえ」

嬲りながら指を奥まで差し入れれば、

「ああ……いやぁぁ……はあああ……」

彩花は艶髪がパアッと乱れるままに、首を振りたくる。

5

(ああ、頭の中が……とろけて……いやっ、いやなのにっ……)

膣奥まで入れられた指で、ぐりぐりと天井を撫でまわされては、腰がとろけて力が入らなくなり、無意識に甘い声を漏らしてしまう。

「ククッ、ここがいいんですね」

若い元部下はニタニタと笑いながら、二十歳近く上の元上司を指で弄んでいる。

(お、奥を指でいじくられて……どうして身体が疼くのっ。く、口惜しい……)

夫のものであるこの身体を穢されようとも、心までは折れないと心に誓っていた。

それなのに……。

指や舌でねっとりと愛撫されて、熱い潤みを奥からあふれさせてしまうのだ。

「ああ、また濡れてきた……奥様、感じてるなら、素直にそう言った方が楽しめますよ」

亮太は指責めと舌でのクリトリスねぶりを、同時に与えてくる。

「んんっ……ンッ、んううんっ……ああんっ……いやっ……ああんっ」

目の下が汗ばんで、身体から甘ったるい匂いが発せられる。

膣をえぐる指はさらに繊細な動きを見せる。手首を回転させながら、膣の上の方をこりこりとこすってくる。

「ンッ……あっ……あっ……」

彩花は細眉をたわめ、顔を赤らめてソファの上で喪服を着た上半身をうねらせる。おっぱいが揺れ弾み、それをとらえた青年がまた、乳首をこりこりと指で攻めてくる。

「あぅぅんっ」

(だめっ、だめよっ……)

心ではわかっているのに、身体がついていかなかった。

膣を指で攪拌され、ずちゅ、ずちゅ、と淫らな水音が耳の奥で響いている。

「気持ちいいんでしょ？　聞こえますよね、奥様……この音が。ぐっしょりじゃないですか……」

煽り言葉がやんだと思った瞬間、敏感なクリトリスが唇に含まれて、チュウチュウと吸い立てられる。

「だ、だめっ……だめぇ……そ、そんなにしたら……はうううんっ」

彩花は必死に抗いの言葉を吐く。

だが身体は自然とのけぞり、意識が揺れた。

（あ、あ、うそっ……うそっ……！）

目の前がぼんやりして、身体が猛烈に熱くなる。

彩花は紅潮した美貌をくしゃくしゃに歪ませて、次の瞬間、ビクッ、ビクンと腰を跳ねさせた。

ソファの上で、まるで釣りあげられた魚のように、M字開脚させた下半身を、激しくうねらせてしまうのだ。

「ひっ、ううんっ……イッ、イクッ……だめっ……あああっ、だめぇ」

あまりに気持ちよくて、唇の端からヨダレが垂れるのもかまわずに、きりきりと身体を強張らせる。

「イッた……ははっ、イッたんですね、僕の指で奥様が……」

嘲る声が聞こえるが、もうなにもすることができない。

革張りのソファは、汗や愛液でところどころ濡れていて、喪服のジャケットまで染み入るほどに、腋汗をぐっしょりとかいてしまっていた。

（こ、こんな……こんなこと……）

夫以外の男に、昇りつめさせられた。

裏切った後ろめたさに、暗い気持ちが宿ってくるのだった。

6

気配を感じて、ソファに仰向けのまま横を向けば、ぬらぬらとした青年の勃起が顔先に近づけられていた。

「ひぃっ、いやっ……」

慌てて逃げようとするのを、亮太は押さえつけてくる。

亮太は彩花の乳房の上を跨ぎ、ぬらついた先端を口元に押しつけてくる。

（な、なんてニオイ……それに、ドクドクと血管が脈動して……）

「奥様だけ気持ちよくなるのはズルいですよ。僕も気持ちよくさせてもらわないと」

「そんな……あ、あなたが勝手に……私のことを……」

「やはり気持ちよかったんですね」

彩花はカアッと顔を赤らめ、首を横に振る。

鼻先にきつい男の匂いがする。

胸がドキドキして平然としていられない。

「ククッ、焦ってますねえ。勃起を見るのは久しぶりかな」

ぐいと腰を前に出される。

彩花の引き結んだ唇に切っ先が押しつけられている。

生臭く、ねばついたカウパー液に唇を汚されて、彩花は眉根をひそめる。

「う……い、いや……」

しかし亮太は、ぐいぐいと鈴口を唇に押しつけてくる。

(ああんっ、こんなに濃い味なんて、あの人とは全然違う……)

陰毛が鼻先につくほど押しつけられ、唇に熱気が伝わってくる。

「女優みたいなキレイな奥様に、洗ってないチ×ポを咥えさせるなんて……最高ですよっ、さあ、早く」

乳房に乗った亮太は彩花を見下ろしながら、穂先を唇にすりつけてくる。

（こ、こんなことはもう……い、いやっ……）
嫌悪感を押し殺して、唇をわずかに開けば、切っ先が無理に押し込まれる。
先走りの汁が口中にしたたり落ちた。
（んうっ……苦い……それに熱くて……いやあっ）
つらそうに顔をしかめても、亮太は容赦なかった。
ぐぐ、と唇を押し込んできて、彩花は目を白黒させる。
（む、無理よ……オクチが裂けちゃう……）
まだ切っ先しか口に入っていないのに、汚された気分だった。
部下であるときは、頼りないが優秀な子だった。
反応が薄いから、こちらもついキツい物言いになったと思う。
（一緒にいいものをつくろうという気はあったのに……）
だが今は、彩花の口を蹂躙しようとする、一匹の獣でしかない。
「んぷっ、ほ、ほおきすぎるわ……」
口に入れられたまま、彩花は訴える。
だが亮太には聞こえないのか、新たな指示を飛ばしてくる。
「ああ、ぷくっとした唇……気持ちいい……ねえ、奥様……舌ですよ。舌を使って舐め舐めしてください」

（し、舌……く、くう……）

彩花は舌で、鈴口からカリ首まで、ちろちろと舐めあげた。

「ンッ、むむっ……」

気持ちよかったのか、亮太が真っ赤になって馬乗りのまま、震えて喘いだ。

（このまま、射精してくれれば……）

だが亮太の表情にはまだ余裕があった。

一度出してきたという悪魔の言葉が、彩花の胸に突き刺さる。

「いい感じですよ。ほら、もっと口を開いて」

汗と体液で生臭い男根が、口の中に押し込まれ、鼻の下が伸びる。

（い、息が……できないっ……）

「あ、ン、むっ」

唇を割って侵入してくる極太に、彩花の意識は薄れていく。

（て、抵抗しなきゃ……ああ、でも……）

顎が痛くなるほどの圧迫感に怯えるも、ぐいぐいと男根を押し込まれて、意識が混濁していく。

「ン……おぷっ……」

カリ首を完全に口中に押し込まれ、舌先や頬粘膜にねとねとの表皮が押しつけられる。

「奥様の口の中、ぬめぬめして、あったかくって……口が小さいから唇の締めつけもいいな……」

息苦しさと匂いに、小鼻をふくらませたときだった。

怒張が口中をずるっと抜かれ、また押し込まれる。

「あ、あが、うぷっ……ぷふうっ」

唾液が口の中に溜まり、口の端から泡になってあふれ出る。

（苦いっ……）

ソファに寝たままの彩花にまたがり、亮太は馬乗りでごりごりとペニスを口で抜き差しする。

じゅぷっ、じゅぷっ……ぶちゅ、ぐちゅ……。

卑猥な水音がしたたり、意識が朦朧としはじめる。

（ああ……お願いっ、も、もう、イッて……）

女社長は、じゅるるると唾液の音を立てて吸い立てながら、ねっとりと潤んだ泣き顔で、上目遣いに亮太を見た。

「く、くううう……奥様っ……そんなエッチな顔で僕を見て……たまりませんよっ……」

亮太が叫んで腰を震わせた。

そのときだった。

口中で勃起がビクビクと脈動する。

(ああっ、口の中でふくれるっ……このまま出す気なの？　だ、だめっ……)

咄嗟に勃起から口を外そうとするも、亮太に上から頭を押さえつけられ、逃げ場を失った。

「くうう、奥様……出るっ、出ますっ。奥様のオクチに……」

「んんんんん！」

ぶわっと、口の中に粘っこいものが放出される。

(は、吐き出させてっ……)

だが亮太は笑い、頭を押さえつけていた。

(の、飲むしかっ……)

未亡人は頬をふくらませながら、ギュッと目をつむる。

さらに覚悟を決めて、喉を動かした。

こくっ……こくっ……。

(粘り気がすごいっ……の、喉に、ひっかかって……)

それでも彩花は必死に喉を動かした。

胃の中に熱い塊が落ちていく感覚がある。

身体の内側から汚されているみたいで、全身が嫌悪にぶるぶると震えた。

しばらくして、ようやくペニスが口から抜かれた。

唾液の糸を引いた勃起が、ぬらぬらと照り輝いている。

「ふーっ……飲んでくれましたね、奥様……うれしいな」

「ひ、ひどいわ……飲ますなんてっ……ああ!」

気怠い身体を起こした女社長は、驚愕に目を見開いた。

今、精液を出したばかりのペニスが、活力を戻していたからだ。

「ククッ……奥様への思いはこんなもんじゃないんですよ」

「そ、そんな……や、約束が……」

「約束？　フェラで終わりと言いましたか？」

「ひ、卑怯者っ」

彩花は喪服の前を手で覆い、もう片方の手で股間を隠しながら、ソファで縮こまる。

「抱かれれば出資すると言ったじゃないですか。観念してくださいよ。四つん這いがいいですか？　そのまま仰向けでしますか？」

「いや、いや……」

何度も顔を振り立てても、亮太は容赦なかった。

襲いかかってきた、そのときだった。

ドンドン、と応接室のドアが、乱暴に叩かれたのだった。

第二章　身代わりの台詞

1

（ちっ、もう少しだったのに……）

社長室でパソコンを睨みながら、亮太はずっと、昨日の夢のような出来事を考えていた。

ずっと憧れだった彩花を指や舌でイカせ、さらにはチ×ポを咥えさせ、淫らな欲望を飲ませてやった。

あの凜とした表情が快楽にとろけていた。

おそらくあのまま抱いていれば、ヨガリまくっていたのではないだろうか。

（ああ……あの色っぽい表情、柔らかくて揉みごたえのあるゆたかなバスト、意外なほど使い込んでいなかったキレイなおま×こに、ムッチリと抱き心地のよい肉づきのいい身体……）

性格は高飛車で高慢ながら、バツグンの容姿とプロポーションを持った色っぽい美熟女……官能美にあふれ、ムンムンと匂い立つ熟れきった身体を、いつか自分のものにしてやろうと淡い期待を描いていた。

それが、あと一歩というところで阻止されてしまった。

（まさか、あのタイミングで娘が来るとはなあ……）

部屋をノックしてきたのは、彩花の娘の沙希だった。

沙希は別の銀行の融資を取りつけたことを、急いで報告しにきたのだった。

（余計なことを……どうにかして融資を下ろさせないとな……そうでないと、親子まとめて性奴隷にするという計画がパアだ）

椅子に座りながらまた、股間をギンギンにさせたそのとき、ドアがノックされた。

「社長、すみません。よろしいでしょうか？」

涼やかで、透き通るような声。

「いいよ」

「失礼します」

入ってきたのは、秘書の山岸《やまぎし》美咲である。

「どうしたの？」

亮太は美咲に悟られぬよう、座ったまま股間のふくらみの位置を直す。

美咲は眼鏡の奥の目をきりりっとさせて、机の前で立ったまま、いつものように手短に報告する。

「実は根岸専務から、フィーチャークロスの出資の件、もう一度きちんと訊きたいから、お時間をとってほしいと」

「根岸さんが？　参ったな……今日の会議のあとに説明するからと……伝えておいて」

「わかりました」

美咲は持っていたタブレットに、さらさらと文字を打ち込んだ。

（やっぱり言われたか、どうしよう……）

根岸は以前から「フィーチャークロスに出資する価値はない」と、断言していた。有能な元銀行マンだから、その判断は正しいのだろう。

(なんとかごまかして、お金を出させないとなあ……ん?)

考えながら、ふいに美咲を見たときだった。

美咲が床に落ちていた本を拾いあげ、本棚の高い位置にある場所に戻そうと、両手を頭上にあげたのだ。

そのせいで、グレージャケットの背中が美しいカーブを描き、細くびれた腰が強調された。

さらには、プリーツのついたミニスカートに包まれたヒップが、ツンと小気味よく盛りあがり、いやらしい丸みを見せつけてきた。

(相変わらず、エロい尻だなあ、美咲ちゃん)

秘書である美咲は三十二歳。

面接で初めて美咲を見て、亮太はギョッとした。

切れ長の目に、彫りの深いエキゾチックな顔立ち……眼鏡の似合う理知的なルックスは、もう佇まいからして有能な美人秘書であった。

その美貌と色気に気圧された亮太だったが、驚いたのはただ美しいだけではなかった。

彩花に似ていたのだ。

おそらく彩花が若いときは、そっくりだったに違いない。

顔立ちや目元だけでなく、ムンムンと女のフェロモンを匂い立たせる大きなお尻やデカすぎる胸元まで、彩花にそっくりだった。

亮太は美咲の採用を独断で決めたのだった。

「それよりさ、美咲ちゃん」

ズボンの股間を張りつめさせたまま、デスクから立ちあがる。

近づくと、美咲が顔を強張らせた。

「そのテーブルの上に乗って、仰向けになってくれない？　チ×ポがさ、苦しいんだよな」

言うと、美咲はハッとしたように目を見開いた。

「ま、まさか……就業中に社長室で……？　む、無理です」

美咲が眼鏡越しに鋭い目を向けてくる。

しかし、亮太はどこ吹く風だ。

「無理じゃないよ。寝ているだけでいいんだ。反応もしなくていい。目をつむっているだけでいいんだから、簡単でしょ？」

「……ま、また私をそんな風に、身代わりに使うんですね……」

有能な秘書としての雰囲気が崩れて、とたんにか弱い女の部分が顔を出す。

「揺れてるヒップを見ていたら、ムラムラしてきちゃってさあ」

（まあ、昨日の続きを妄想したんだけどな……）

美咲は彩花よりも少しハスキーな声質だ。

だから、彩花との疑似セックスを楽しむなら、声を出させないようにするのがいいのだ。

（それに、感じてるのをガマンする顔も、すごい似てたしなあ）

美咲を犯したのは、秘書になってすぐ……歓迎会のときだった。

酩酊させて意識を失った美咲を裸に剝き、恥ずかしいポーズにさせて、ムービーで撮影した。もちろんハメ撮りもだ。

最初こそ、訴えると言い張ったが最終的にできなかったのは、美咲が人妻だったからである。

旦那には言い出すことができなかったらしく、結果として半年の間、ずるずると亮太のセフレとして、弄ばれることになったのだった。

「今さらなにを狼狽えてるんだか。さっさとすませば、すぐに業務に戻れるよ」

言うと、美咲は唇を嚙みしめて睨みつけてくる。

こういう仕草も、彩花と似ている。

（やっぱり僕は勝ち気な女を堕とすのが、好きなんだな……）

ニヤニヤ笑って見下ろしていると、美咲は眼鏡を外してパンプスを脱ぎ、自ら応接セットの大きなテーブルの上にあがっていく。

「早くしてください。業務があるんです」

こんなことなんでもないわ、という風に高い鼻をそらし、テーブルの上で仰向けになって目をつむる。

「聞き分けがいいね」

ネクタイを外しながら、亮太はテーブルに仰向けに寝かされた、美しい秘書の肢体を見下ろした。

下はクリーム色のプリーツミニスカートで、元々短めなのにまくれあがって白くてムッチリした太ももが半ばまでのぞいている。ちなみにミニを穿かせているのは、もちろん亮太の趣味である。

上はグレーのジャケットの下に、胸元にレースをあしらった白いキャミソールを身につけている。

清楚なキャミソールとジャケットの胸のふくらみは、仰向けでもこんもりと悩ましく盛りあがり、呼吸に合わせてゆっくりと上下している。

内巻にしたミディアムヘアがテーブルの上で乱れて、蛍光灯に照らされて艶々と燦めいている。

「ククッ、彩花奥様、相変わらずエロい身体ですねえ」

その台詞が聞こえたのだろう。

美咲は顔を横に背けて目をつむったまま、口惜しそうに唇をギュッと嚙みしめた。

（いい顔するよなあ。身代わりが口惜しいんだろうな、無理もない）

美咲は、街を歩けば男がみな振り向くような華やかな美人である。

そんな美人が別の女性の身代わりに抱かれるなんて、死にたくなるほどの屈辱に違いない。

（しかし、身体つきも似てたなあ……スレンダーなのに、おっぱいもお尻も大きくて）

昨日の彩花を思い出すと、ムラムラがとまらなくなってくる。

「キレイな脚だな……」

言いながら美咲のふくらはぎにそっと手をやり、撫でながらゆっくりと太ももに向かって手をすべらせていく。

パンティストッキングのつるつるした感触と、もっちりした弾力のある肌の感触が、亮太の股間をますますいきり勃たせていく。

(た、たまらないな……)

爪先に鼻を近づけると、ムッとするような蒸れた汗の匂いを感じる。

「う……んっ……」

美咲が呻《うめ》いて、わずかに身をよじった。

脚の臭いを嗅がれたのが恥ずかしいのだろう。目の下がポッと赤らみを見せている。

そこからふくらはぎに顔を持っていけば、柔肌の甘い匂いがした。

美脚から立ちのぼる甘美な匂いを吸い込みながら、美咲の太ももをやわやわと揉みしだきつつ、プリーツミニを手の甲でまくりあげていく。

「うう……」

美咲が恥ずかしそうに、眉をひそめる。

「さっさとすませば?」などとクールなことを口にしつつも、実は美咲が相当な恥ずかしがり屋であることはわかっている。

だからこそ、こうして人形のように扱うのが、普通に抱かれるよりも美咲にとっての恥辱なのだ。

「動かないでよ。こんなことなんでもないんでしょう?」

煽りながら、亮太は美咲の身体をうつぶせにさせる。

そうして、プリーツスカートを一気に腰までめくりあげれば、眼前に目をみはるような立派なヒップが、ナチュラルカラーのパンティストッキングと白いパンティに包まれて、悩ましい丸みを描いていた。

「ほっそりしてるのに、ケツから下はデカいんだよな……」

感想を言うと、気にしているのか、横を向いた美咲の眉間のシワがいっそうキツくなる。

(お尻が女らしくて、そそるんだけどな)

ゆたかな尻は母性を感じさせ、牝としての魅力を引き立てているが、あえて褒めるようなことは言わないで、じっくり眺めてやる。

光沢にある純白パンティは、しっかりと尻肉を包み込むフルヒップタイプで、ゴージャスな美貌とはほど遠い清楚な下着が、彼女の生真面目さを物語っている。

手のひらをあてがい、魅惑のカーブをゆっくりと撫でまわす。

（ううむ……相変わらずムチムチの弾力だな……）

夢中になってパンストとパンティごと、乱暴に丸みをつかむと、尻肉が指を押し返してくる。

「ふぅ……ん……ぁ……」

テーブルでうつぶせになった美咲が、甘い鳴き声を漏らす。

（ホントに敏感な身体だよなあ）

美咲の顔を覗き込みつつ、尻肌をじっくりと愛撫すると、

「んん……ぅ」

と、美咲の口唇から切なげな吐息が漏れ、慌てた様子でキュッと唇を噛む。

「言われたとおりに、目をつむってじっとしているんだよ、美咲ちゃん。僕が射精するまで、たっぷりと身体を堪能させてもらうんだから」

そう言いつけると美咲はまた、キュッと可愛らしく目を強くつむる。

これからこの有能な美人秘書は、動くことも声を出すことも許されず、夫以外の男にものにされていく。

美咲のつらい気持ちを考察すると、それだけでムクムクと股間が大きくなってしまう。

（たまらないよ……）

亮太は美咲の腰を持ち、尻肉に頬ずりしながらパンスト越しに、チュッ、チュッと尻割れにキスをする。

「んっ……あ……」

美咲がぶるる、と震えて腰をうねらせる。

さらに尻の切れ目に顔を近づけて、くんくんと匂いをかいだ。

人妻の深い尻割れのぬくもりと匂いに、ひりつくような高揚が身体の奥から湧きあがってくる。

亮太はハアハアと息を荒らげつつ、いよいよパンストとパンティに手をかけて、くるくると尻から剝いていく。

「んんっ……」

美咲が尻を逃がそうと身をよじるのを上から押さえつけた。

「逃げないでよ……ああ、いいお尻だ。デカくて、つるんとして」

わざと煽りながら、まばゆい白さの尻たぼを見つめる。

ツンと小気味よく持ちあがって、ふるいつきたくなるほど悩ましいヒップ。

彩花ほどの迫力はないが、形のよさは三十二歳の人妻の方が、さすが若いだけあって張りがあって美尻だ。

亮太は太ももの半ばまでパンストとパンティを丸めて剝き下ろし、クロッチを見つめて、あれっと気づいた。

二重布の表面に、ぬめりが見えた。

クロッチにねっとりした粘液が染みているのだ。

「なんだ、もう濡れてるじゃないか……」

亮太が煽ると、美咲は肩越しに恨みがましい目を向けてきて、濡らした部分を見られまいと、パンティに手をかけて穿き直そうとする。

「おっと。濡れたパンティを穿き直したら、風邪をひいちゃうよ。四つん這いになって動かないでっ」

ぴしゃり言い放つと、美咲は「くうっ……」と小さく呻いて、テーブルの上で恥ずかしい犬のようなポーズを取った。

「もっとこっちに尻を突き出すんだ」

命令すると、美咲は逡巡していたものの、やがて背を低くして尻だけを掲げた、いわゆる「女豹のポーズ」になってうつむいた。

スーツ姿の有能な秘書の四つん這いは、いつ見てもそそるすごい格好だ。

「さあてと……どれだけ濡れたのか。クロッチを広げて見るからね……」

「や、やめっ……あ、ああ……」

羞恥のワンワンスタイルのまま、美咲が首を横に振った。

かなり恥ずかしいのだろう。セミロングの枝垂れるツヤ髪の隙間から見えたうなじが、朱色に染まりきっている。

(ようし、もっと恥ずかしいことをさせちゃうぞ)

女豹のまま、美咲の脚を左右に広げさせる。

すると、太ももにからみついたストッキングとパンティがピンと張った。

クロッチには透明な愛液だけでなく、クリーム色に濁ったねばついた蜜がべっとりとこびりついている。

もあっ、とした獣じみた臭気が鼻をつき、亮太は顔をしかめつつも、ニヤりと笑う。

「ちょっと尻を撫でただけでこんなに濡らすのか……みっともない。ほら、四つん這いのままでも、下を向けばパンティの濡れ具合が見えるだろう?」

「ああっ……い、言わないでっ……ああ……ああ……」

美咲はもう涙声になり、こちらを向くことなく項垂れた。

栗色がかった髪が乱れて、凄艶さに拍車がかる。

(ホントに感じやすい身体になったなあ……)

しかしこれだけ濡らしてもなお、こうして恥じらい、拒絶してくるのだから、本当にいい女だった。彩花がいなければ夢中になっていたかもしれない。

亮太は舌舐めずりをしながら、尻割れの下方に右手を差し入れた。

「あっ! んんっ……」

敏感な太ももの内側に触れられて、さすがに美咲もガマンできなくなったようで、甘い声をあげて四つん這いの背をしならせる。

下から覗いてみれば、小ぶりなおま×こが赤黒く充血していて、はちみつのような愛液をまぶしている。

背後から指を入れれば、愛液は指の根元までまとわりついてきて、亮太の右手をぐっしょりと汚してくる。

「いやあ、すごい濡れっぷりだ」

亮太は中指で、ぐっしょり濡れきったヴァギナのワレ目をこする。

「あっ……ああっ……んっ……んんっ……」

いよいよ美咲はたえきれずに、甘ったるい媚びた声を漏らしはじめる。

掲げた尻が、もの欲しそうにくねくねとうねっていた。

2

テーブルの上で四つん這いにされているだけでも恥ずかしいのに、湿ったパンティまでさらされてしまった。

挙げ句、しつこく指で感じる部分を刺激され、ますます身体の奥が燃えるように熱くなっていく。

(ああん、いやあ……)

(あうう……い、いやあああ……い、いつもそう……私が弱音を吐くまで、何度もしつこく……く、口惜しい……)

亮太にどれほどの精液を注がれてきたのか見当もつかない。

それでも気丈に抵抗するのは、亮太が自分を、別の女性に見立てて抱いているからだ。

あれは勤務初日のことだ。

《美咲さんって、似てるなあ、奥様……写真で見た彩花さんの若い頃に》

美咲は不審に思った。

(奥様?)

説明を聞けば、彩花というのは、亮太の以前の勤め先の社長だった。

旦那であった先代社長の跡を継ぎ、女社長として辣腕をふるっていたその彩花に、亮太はパワハラを受けて精神を病み、それでも社会復帰してこの会社を立ちあげて大きくしたらしい。

それを訊いて、美咲はぞっとした。

憎いはずの女社長に似ている自分を、なぜ採用したのか。

そしていまだになぜ、その女社長を奥様などと呼んでいるのか……?

悪い予感は当たり、美咲は歓迎会のあとで亮太にレイプされてしまった。

それからだ。

写真で脅されて、彩花の代わりに抱かれるようになった。

おそらく面接のときから、元社長の彩花に見立てて、身代わりに弄ぼうと思っていたのだろう。

屈辱だった。

それでも逃げられなかった。

写真で脅されたのもそうだし、なにより亮太の狂気が怖かったからだ。

「こんなに濡らして……指がふやけそうだよ。太ももまでぐっしょりだ」

尻奥から指でワレ目をなぶられて、熱い潤みを漏らしてしまうのが死にたいくらいに恥ずかしい。

「くうう……お願いですっ……言わないでください……シテいいから、犯していいからっ」

テーブルの上に載せられ、まるで見世物のように四つん這いにされたまま、美咲は肩越しに哀願する。

しかし、亮太はンフフと鼻で笑い、

「シテいいから？　違うよね、美咲ちゃん。いつも、ちゃんとおねだりするようにって言ったよね」

と、尻奥から手を差し入れて、美咲がもっとも感じるクリトリスを指腹でくりくりといじくってくる。

「あうぅ……い、いやっ……あ、あんっ」

（だ、だめっ……声が……）

ねっとりとした濃密な愛撫に、いよいよ身体の奥から、熱い疼きが湧きあがってくる。

いやなのに……恥ずかしいのに……。

しかし、腰の奥がとろけそうなほどジクジクと疼いている。

（ああ、だめっ……くうう、か、身体の奥を……ああんっ、熱くて、硬いモノでかき混ぜてほしいなんて……ああ、いけないのにっ）

認めたくはないが、感じてしまっている。

四つん這いで身体を支える手が震え、腰が動いてしまうのをとめられないでいる。

それでも……自分からおねだりだけはしたくなかった。

せめて彩花の身代わりで犯すことだけは、やめてほしかった。

「ンフフ、今日は頑張るじゃないか……」

亮太の手によって、今度は肢体を仰向けにされる。

「ホントにそっくりだなあ。奥様に……目鼻立ちがはっきりしていて、ああ、たまらないよ」

亮太はうわごとのように言いながら、抱きしめてきた。

キスされて、当然のように舌を入れられる。

「ん……！　んんっ……」

ぬるぬるした舌で口中をまさぐられると、自然と自分からも舌を出し、からめていってしまう。

（ああ……だめなのに……）

「んぅぅん……んんっ……んぅぅんっ」

亮太の熱い吐息をかけられると、意識がふっと遠くなっていく。

そのすきにジャケットの前ボタンを外されて、キャミソールをめくりあげられた。

白いブラジャーからこぼれ落ちそうな乳房が、揺れ弾む。

さらに強引にブラをたくしあげられ、真っ白い乳房が露わにされる。

「奥様と比べると、おっぱいはちょっと違うんだよなあ。こっちは小ぶりで、張りがあって、乳首は透き通るようなピンクで……まあいいんだけどね」

たしかに美咲のバストは三十二歳にしては、艶々して張りがあった。

（比べないといけないの？）

憤怒していると、亮太が乱暴に乳房を鷲づかみして、形をひしゃげるようにムニュ、ムニュ、と揉みしだいてくる。

「くぅぅ……」

痛みが走り、美咲はテーブルの上でのけぞるも、ふくらみの奥から甘い疼きのようなものが広がっていく。

「ああ、揉みごたえばっちりだよ。でもなあ、やっぱりもう少し大きくてもいいかなあ」

言われて、美咲は奥歯を嚙みしめた。

カップはEで、十分な大きさがあると思うが、彩花と比べればたしかに小ぶりだろうと思う。

美咲はそれから、彩花の身代わりを甘んじて受けるようになったのだ。

亮太は鼻息荒く、おっぱいをギュッとつかんだ。

「あ、あんッ……」

人妻の華奢な肢体がピクッと震えて、わずかに顎があがった。

「乳首が硬くなってきましたよ。奥様、気持ちいいんでしょう?」

ニヤニヤしながら、亮太が見つめてくる。

美咲が顔を横に振ると、亮太は乳頭部を指でつまんで引き伸ばしてくる。

「んぅぅ！」

電流が流されたように快美が走り、仰向けになった背が大きくしなる。

「乱暴にされるとうれしいんだよね」

「そ、そんなわけ……ああっ……ああんっ……」

おっぱいをすくいあげるように揉まれ、円柱形にせり出した薄ピンクの乳首をチュゥゥゥと吸い立てられる。

「あっ……あっ……」

人妻の口から、悩ましい声が続けざまに漏れ出していく。

美咲は細眉を寄せた表情で、何度も顎をせりあげてしまう。

（くううう……い、痛いっ……のに……）

乳首を甘噛みされ、さらに舌でねろねろとねぶられると、ズキズキとした疼きが女肉の奥に火をともしはじめる。

（だめっ……イッチャいそう……）

その淫らな高ぶりがわかったのか、亮太は突然指を入れてきた。

「あッ、あッ……あああッ！」

いきなりぬかるみをなぶられて、美咲はきつく背をそらす。

「ああん！　だ、だめっ……！」

指を何度も抜き差しして、さらには別の指がワレ目の上部にあるクリトリスに触れてくる。

（お、奥まで……ああんっ……そこ……そこは……）

中指で湿った媚肉をいじられて、親指でクリトリスをつぶされる。

「あああっ……そ、それはだめッ……いやっ！　いやぁぁ！」

快楽の波が全身を疼かせて、爪先がヒクヒクと痙攣する。

必死に感じまいとするものの、三十二歳の人妻の肉体は、的確な愛撫に反応して子宮を疼かせてしまい、奥から熱い新鮮な花蜜を噴きこぼしていく。

「ククッ、ほらっ……おねだりだよ。言わないと、あげないよ」

亮太は煽りながら、挿入した指を前後に動かしはじめた。

ぬちゃ、ぬちゃ、と恥ずかしい音が立ち、

「うっ！　んんっ……ううんっ、だ、だめです……アアッ、お願いよ、もうやめてッ……！」

と、美咲はこらえきれずに声をあげた。

達してしまいそうだった。

（あああ……も、もう……）

「ああ、お、お願いですっ……もう、い、入れてっ……かき混ぜて……」

「なにをどこに？」

亮太は勝ち誇ったように笑いながら、尋ねてくる。

「……ああ……おチ×ポを……ううんっ、お、おま×こに……」

「誰のおま×こに？」

亮太は目を細めて見つめてくる。

（ああ……結局言わされるのね……）

「あ、ああ……あ、彩花の、彩花のおま×こに……」

美咲は真っ赤になりながら、亮太の憧れの人の名を語る。

恥辱の身代わりが成立すると、亮太の股間がさらにいきって、ズボン超しにふくらんだのが見えた。

（ひ、ひどい……ひどいわ……）

自分は彩花の身代わりだ。

だがそれでも、肉体が欲しがってしまうのが哀しかった。

ズボンとパンツを下ろした亮太が、再び美咲を四つん這いにして、腰をつかんでくる。

「あっ……くぅぅ……あうう……」

息もできなかった。

いつもよりも大きいものを、ごりごりと膣道を削るように押し込まれる。

「は、はうう！」

人妻だが、子どもはまだ産んでいない。

その狭い膣を、広がったカリ首がミリミリと割り裂いていく。わずかな痛みが走るが、すぐにそれを打ち消すほどの嵌入感が襲いかかってくる。

（くぅぅ……お、大きくてっ……熱いっ……まるで鉄の杭を打ち込まれているかのよう……）

四つん這いの彩花は、お腹をえぐり立ててくる偉容に、ただただ打ち震えて、喘ぐことしかできない。

「あ、ああっ」

先端が最奥の子宮口に届いた。

（ひっ、奥まで……重たいのを感じる……熱くてっ……びくびくしてるっ）

感じたくないのに、感じないわけにはいかなかった。

男根でいっぱいにされ、亮太のことしか考えられなくなってしまう。

「すごいな、今日の奥様のおま×こは、うねうねして……ああ、僕の子種が欲しいんだね、ギュッと包んできてる」

「ほ、欲しがってなんて……ああんっ！」

腰をゆったり引かれ、また奥までえぐられた。

「は、はあ……ああんっ……あああっ……」

美咲は息を荒らげ、四つん這いのままに顎を上げた。

意識がとろけ、あまりの快楽に瞼が落ちて、とろんとした目つきになる。

自分がそんないやらしい顔をしているのがわかるのだが、全身が痺れるような快楽に包まれて、整えることもできなくなる。

「ああっ……あんっ……お、奥までっ……届いてっ……うぅんっ……」

ゆっくりとしたピストンの快楽に、タイトなジャケットとプリーツミニスカート姿の有能な秘書は、犬のような格好で甘い声を漏らす。

（このスーツ姿でも、犯されてしまった……）

いよいよ業務時間中にも、亮太の魔の手が伸びてきた。

新進気鋭のＩＴ企業で、自分の力を試したいと思って大手商社から転職したというのに……。

（ああ、私はこの社長の……若き天才アプリエンジニアの、性欲処理に成り果ててしまったのね……）

しかも、彼の憧れの人の身代わりだ。

（く、口惜しい……それなのに……）

亮太自身が快感を得るためだけの乱暴な挿入だった。

それはわかっているのに、肉竿を奥まで挿入されただけで、まるでしつけられた犬のようにヨダレを垂らして、尻をゆらめかせてしまう。

「ああ、いいよ、彩花奥様っ……中がとろとろで、チ×ポがとろけそうだよ。くぅぅ……」

いよいよ亮太が激しく腰を使ってきた。

腰が当たるたび、尻肉がぶわわんと押し込まれて、ぱちんっ、ぱちんっと打擲音が鳴り響く。

（ああ、支配されてるっ……私、もうっ……もうっ……）

美咲は理知的な顔を歪ませて、肩越しに自分を独占する男を見つめた。

「くうう……奥様っ……そのつらそうな表情がたまんないよっ……」

あくまで彩花の代わりと、亮太は最後までその役割を崩さない。

美咲はつらくなった。

「お、奥様なんて言わないで……私は社長秘書の美咲ですっ……ああン……は、はあっ……」

「余計なことを言うなっ」

豹変した亮太が、思い切り尻を平手でぶってきた。

「あううう！」

続けざま、パチン、パチンと何度も叩かれる。

みじめなのに、つらいのに。

しかし、叩かれると同時に引き抜かれるときに亀頭のカリ首が、膣口の浅瀬を削るのがたまらない。

「あれ、ぶたれて気持ちよかった？　腰が動いてきた。欲しいんだな……」

亮太がハアハアと息をあえがせながら、低い声で囁いてきた。

次の瞬間、ウエストに手を添えられて、ググッと挿入の角度が変わった。

（あああ！）

背後で亮太が片膝を立てたのが、ちらりと見えた。

すると下から突きあげるようだった角度が、上からに変わり、バック姦の結合がより深くなる。

（くううっ……ふ、深いっ……）

亮太が怒濤のピストンで後ろから男根を打ち込んでくる。

バチン、バチンと打擲音が重くなり、子宮口がこつん、こつんと先端部で押し込まれて全身がとろけそうだった。

「ああっ……ああっ、す、すごいっ……ああんっ、もっと……ああっ、社長、もっと、オチ×チンくださいっ」

清楚な秘書ルックで、淫語を口走るのは死ぬほどみじめだった。

「ククッ、自分から腰を振ってきて……ほら、自分の名を呼べ、呼ぶんだよ」

「ああんっ……私は、あ、彩花ですっ、彩花は社長の逞しいオチ×チンが好きですっ、ああんっ、だ、だめっ……」

身代わりの人の名を騙ることに、抵抗がなくなっていた。

ただ一匹の牝として、めくるめく快楽が欲しかった。

「いいぞ、彩花奥様っ……」

亮太がストロークしながら、下垂したおっぱいに手を伸ばしてくる。

ギュッと乱暴につかまれ、乳首を指でキツくつまれる。

「あああっ……ああんっ……それだめっ……ああんっ」

乳首をいじられながら、膣奥を削られるのは言葉にできないほど甘美だった。

ずちゅ、ずちゅっ……ぬぷっ、ずぶっ……。

尻奥から激しい水音が鳴り、四つん這いの犬に嗜虐の愉悦を与えてくる。

「あっ……あっ……あっ……」

心地よい浮遊感に包まれて、もう何も考えられなかった。

三十二歳の人妻の身体は、夫では味わえない獣じみた激しい情交に、熟れはじめた肉体が歓喜をまとって打ち震える。

「くぅっ、締めつけてきた。出るぞっ……くううっ……子宮に旦那とは違うザーメンを注いでやるっ」

「い、いやぁっ……な、中は……ああっ……」

残酷な中出しに抗おうにも、快楽に溺れた身体は言うことをきかなかった。

口ではイヤイヤと言いつつも、熱い欲望を注がれる快楽を教え込まれていて、恐ろしいリスクよりも、至福の絶頂が楽しみになっていた。

「うくっ……出る……！」

亮太の突き入れが最奥でとまったときだった。

膣の中で勃起がビクビクと震えるのを感じ、全身がふわりと高揚する。

「おおっ……」

亮太が呻くと同時に熱い子種が子宮に注がれる。

「ああっ……熱いっ……ふあんっ、だ、ダメッ……イッ、イクッ……！」

男の欲望で満たされた充足感に、美咲はもう恥も外聞もなく淫らにビクッ、ビクッと腰を震わせるのだった。

3

フィーチャークロスの役員会は、重苦しい雰囲気に包まれていた。

「白泉銀行の支援見送りによって、フィーチャークロスの株価下落は続いています。第二四半期の業績予想を、下方修正する必要がありますね」

財務部長の友部《ともべ》は、難しい顔をしてちらりと沙希を見た。

沙希はいつもの明るい笑みを沈ませて、可哀想なくらい縮こまって手元の資料を見つめている。

（ああ……沙希……あなたが悪いんじゃないのに……）

会社では社長と部下。

それはわかっているのだが、どうしても母親という目で見てしまい、沙希をすくってあげたくなってしまう。

二十五歳の若さで取締役として経営企画部の部長に抜擢された沙希は、古参の社員たちから煙たがられていた。

社長の娘ということで嫉妬の対象にされているのだが、社長の彩花としては、親のひいき目でなくとも沙希は優秀だと思っている。

ところがだ。

今回、沙希の力で白泉銀行からの融資をとりつけたはずだったのに、急に支援を見送られることになった。

おかげで経済誌の記者に、フィーチャークロスは危ないのではないかと書かれてしまい、株価が下がるという本末転倒の結果になってしまったのだった。

「でもどうして……急に白泉銀行は支援を取りやめたのかしら」

彩花がプリントに目を通しながら訊くと、常務の板東《ばんどう》が忌々しげに腕を組んで答える。

「わかりませんが、やはりこうなったら『ＧＧＤグループ』からの出資を受けた方がいいのでは……」

「だめよっ。絶対にだめっ」

彩花は強い口調でぴしゃりと言う。

ＧＧＤグループは、ＩＴ企業として日本で五本の指に入る、モバイルコマースカンパニーだ。

売上げ一兆円を達成した超巨大企業であるＧＧＤには、以前から出資の話を持ちかけられていた。

しかしだ。

夫が生前につくったゲームアプリを盗作されて以来、ＧＧＤとは絶対に関わり合いにならないと決めていた。

古参の幹部の中には、あれは偶然だと言い張るものもいるが、絶対にそんなことはないと断言できる。

夫のアイディアは唯一無二の革新的なものだ。

簡単には発想として出てこないもので、夫が何日も徹夜して仕上げたものであったのだ。

もちろん訴えようと思ったが、そのときに夫が亡くなって、その件はうやむやになっていたのである。

「しかし、GGDからの出資額は、かなりのもので……」

友部も板東と同じことを言いはじめる。

「だめよっ、私の言うことが聞けないのっ！」

強い口調で叱咤すると、ふたりは首をすくめる。

結局、結論は出ず、金曜日の役員会にまた議題を持ち越すことになった。

「はあ……」

社長室に戻り、彩花は大きくため息をついて、ブラックアウトしたパソコン画面に映った自分の顔を見つめた。

切れ長で涼やかな目が、少し疲れているように感じた。

ミドルレングスの黒髪のまとまりも、メイクのノリもこのところあまりよくはない。

寝不足が、たたっているのだ。

(最近すぐ疲れが顔に出ちゃう……若いときとはやはり違うわ……ああ、こんなときに夫がいてくれたら……）

四十五歳の未亡人は、再びため息をついた。

シックな紺のタイトミニスーツに、襟元はスカーフ、そして脚に少し光沢の強いベージュのストッキングを穿いている。

足元は白のパンプスで、脚のキレイに見えるデザインを選んでいる。

さらにはメイクだ。アイラインを少し強めに引いて、唇はピンクがかったグロスを塗り、濡れたような瑞々しさを見せている。

服装やメイクで艶っぽさを出しているのは、すべて夫がいない寂しさを隠すためのものであった。

（夫のためにもこの会社は潰させない……GGDからの出資も受けたくない……だとすると……）

考えたくはない。

だが、それしかないのか、と自分の中で結論づける。

前田亮太……彼の会社から出資を受けるしかない。

（ああ、やはり彼に頼むしか……）

もう一週間も前だというのに、まだ口中に亮太の精液の苦みが残っているような気がしていていやな気持ちになる。

（あそこまでしたのよ……あの子からの出資を受ける権利はあるわ）

しかし、亮太の要求は自分の身体である。

口だけで許してくれるはずはないだろうと、諦めにも似た気持ちも心のどこかにある。

（またおっぱいをいじくられて、あの硬くて大きいものを、今度は口でなく私の中に直接挿入して、乱暴に私のことを……）

ズキッと下腹部が疼いた。

（だめよっ……なんで、そんなことを想像するのよ……）

そう思っても、久しぶりに受けた男からの愛撫と、男性器から放たれた濃い男の欲望の深さに、倒錯的な気持ちになるのを未亡人は押さえきれなかった。

彩花は真っ直ぐに前を見た。

デスクチェアに深く腰掛けながら、タイトミニに包まれた豊満なヒップをじれったそうに揺すっていたときだった。

内線が鳴り、彩花は慌てて受話器を取る。

受付の女の子からだった。

「社長。『ユニバーサルフラップ』の社長の前田《まえだ》様が今、受付に……」

「えっ、今？」

「はい。アポイントはありませんでしたので、丁寧にお断りしたのですが、とりあえずつないでくれと……」

亮太の来社は予定になかった。

だが、彼に連絡を取ろうと思っていたところだ。タイミング的にはちょうどよかった。

内線電話の表示窓の時刻を見た。

次の打ち合わせまでは一時間以上ある。

「わかったわ。案内して。それと、彼の来社のことは誰にも言わないで」

彼はもういまやうちより大きくなった会社の社長である。

「元の職場に遊びに来た」などというレベルではなく、来訪すること自体がニュースになってしまうのだ。

ドアがノックされ、受付の子が亮太を案内してきた。

亮太は頭を下げて言う。

「お忙しいところ、アポもなくてすみません。まあでもこの時間ならいらっしゃるかなって」

ニヤニヤしながら、亮太は彩花を見すえてくる。

アレを咥え込まされたことが、いやがおうにも思い出され、彩花は心臓を高鳴らせる。

「……座って」

応接セットに座るようにうながして、彩花も向かいに座る。

本来ならば出資者なのだから丁寧に応対するべきだろうが、あの卑劣な行為を思い出すと、どうしてもぞんざいな扱いになってしまう。

「懐かしいですね。よくこの社長室に呼ばれて怒られました。今日みたいにブラインドを降ろさずに、みんなから叱られている姿が丸見えで……」

言われて彩花はハッと思った。

たしかにあの頃は、社長になったばかりで余裕がなくて、そこまで気がまわらなかった。

「そ、それは……申し訳なかったと思ってるわ」

「いいんですよ、いまさら。ククッ、それにしても奥様、そんなミニスカートも穿くんですね。熟女のミニスカ姿って、エロい」

亮太のいやらしい視線が、タイトミニから伸びた太ももに注がれる。

それを感じた彩花は顔を熱くさせて膝をぴたりとくっつけ、スカートの裾を引っ張った。

「そんな風に隠さなくても、奥様の美脚にミニはよく似合いますよ。四十五歳でそんな色っぽい脚をしてる熟女はなかなかいません。しかし、珍しいですね、奥様がミニスカなんて」

「よ、用件は？　こちらもお願いしたいことがあるから、アポなしでも通したのよ」

彩花は性的な話題を避けようと、強引に話を進める。

亮太はフンと鼻で笑い、目を細める。

「白泉に融資を断られたでしょう？」

「……記事を見たのね」

「ええ。まあ、見なくてもわかってましたけどね。白泉銀行はウチのメインバンクですから」

言われて彩花は「え」と驚いた。

「メイン？　あの小さな地方銀行が？」

「そうですよ。僕がたまたま個人的に口座を持っていたから、あそこをメインにしたんです」

亮太が真っ直ぐに見つめてくる。

彩花は白泉が急に融資を断ったのを、訝しんでいた。

だが今の亮太の言葉で、ようやく合点がいった。

「白泉銀行に脅しをかけたのね……預金を全部他に移すとか言って」

「人聞きの悪い。証拠がないのに、そんなこと……でもこれで、ウチの出資しか道はなくなったわけですよね。それとも、がんばって金策に走りますか？　でもそんな自転車操業じゃあ、会社の存続は難しい」

ずばり言われて、彩花は唇をぐっと噛んだ。

口惜しいがその通りだった。

何も言わずにいると、亮太の目がいやらしいものに変わり、臆面もなくジロジロと胸元や太ももに視線をよこしてくる。

「出資……してくれるのね？」

思いきって言うと、亮太がニヤリ笑った。

「お願いしますじゃないんですか？　まあ、いいや。しますとも。奥様が僕の言うことを聞いてくれたら……」

「こ、この前……私はあなたのおもちゃになったわ」

「おもちゃって……フェラしただけじゃないですか。僕は奥様の身体が欲しいんですよ。素っ裸にして、身体中舐めつくして、奥様のぐっしょり濡れたおま×こに僕のをぶち込んで……もちろん生ハメですよ。そしてひとつになったままディープキスして、奥にたっぷりと僕の子種を……」

「い、いやっ！　もうやめて……わ、わかったから……好きなようにしていいから、でも約束して。一回だけと」

ずっとこの男に嬲られるわけにはいかない。

彩花は悲壮な覚悟で、じっと亮太を見つめる。

「わかりました。それじゃあ早速……脱いでもらいましょうか。素っ裸になってくださいよ、奥様」

（え？）

彩花は目を何度も瞬かせた。

「な、なにを言ってるの？　き、勤務時間中よ。いい加減になさいっ」

ぴしゃり強く言っても、亮太のうすら笑いは消えなかった。

「こっちの台詞ですよ。まずは、そのエッチなボディをすべて拝ませてもらって、しっかりと出資の価値があるかどうか見定めないとねえ。それに会社でおま×こするっていうのは、Mの奥様にはたまらないでしょう?」

「なっ……!」

彩花の美貌が強張った。

抱かれる、までは覚悟を持っていた。

それが……薄いガラス一枚越しに社員の前で裸になり、しかも抱かれるなんて……。

4

しばらく逡巡していた彩花だったが、やがて諦めたようにゆっくりと立ちあがった。

出資話をご破算にしたくないんだろう。

(……清楚な熟女のミニスカってエロいなあ……)

シックな紺のタイトミニスーツに包まれた身体は、ほっそりしているのに男が欲しいところには脂の乗った成熟した身体つきだ。

少し動くだけでも、ブラウス越しにゆさっ、ゆさっと揺れる迫力のバストに、くびれた腰から急に広がるヒップの盛りあがり。

加えてタイトミニからのぞくむっちりした太ももは、二十センチも露わになっていて、実にいやらしいかった。

(これで四十五歳……おばさんのミニスカって下品に見えるけど、奥様は品があるからノーブルな感じで……若い子よりミニが似合っている)

襟元はスカーフを巻いて上品さを引き立たせている。

太ももを包むのは、光沢の強いベージュのストッキング。

足元は白のパンプスで、すらりとした美脚が余計に強調されている。

メイクも少しキツめだが、それこそができる女社長という感じで、絶対に安い男には触れさせないというオーラが漂っていた。

(ああ、やっぱり素敵だ。手の届かない高めの女って感じで……こういう女性を従わせるのがたまらないんだ。好きなんだよな、奥様のことが)

さすがに勤務時間中に、服を脱ぐのは恥ずかしいのだろう。

彩花は唇をキュッと噛みしめたまま、目の下を赤らめてどうしたらいいかと、強気の顔を不安そうに歪ませている。

「どうしました？　早く脱いでくださいよ」

ソファに座ったまま、亮太は煽った。

「この前は喪服を着せたままだったから、フルヌードを見てないんです。さあ、立ちあがって、そのエッチな身体を見せてくださいよ。早くしないと、誰かが来てしまいますよ」

ちらりと出入り口のドアを見てから言うと、彩花は眉をつらそうにハの字に歪めながら、ジャケットを脱いでいく。

「仕事場という神聖な場所で、私を裸にして楽しむなんて……最低の男ね」

まるで少女のように不安げだった表情は、覚悟を決めたらしく、いつもの強気の顔で睨んできた。

「フフッ、普段の仕事場だからいいんですよ。凛とした女社長を辱めるのがね」

「くっ……」

彩花は切れ長の目で睨みつけながら、白いブラウス姿になる。

白ブラウスに透けるブラジャーがたまらなくエロくて、早くもヨダレをこぼしそうになる。

そのいやらしい視線を受け流しつつ、彩花はタイトスカートのホックに手をかけて、スカートを足元に落とした。

（おおうっ……）

ナチュラルカラーの薄いベージュが、彩花の白い脚を包んで美しい素肌感を演出している。

光沢がムチムチした太ももを、余計にいやらしく見せているのだ。

それよりも目が吸い寄せられたのはやはり、ナイロンにぴったり包まれた大きな尻の丸みだった。

薄いブルーのパンティが透けて見えて、豊満な下腹部を覆っている。

「奥様の脚が色っぽくてたまりませんよ。ムチムチして」

「い、いやらしいこと言わないで」

「いやらしいなんて。ホントのことですよ。四十五歳でシミひとつないなんて」

年齢を言われるのは、恥ずかしいようだ。

ブラウスのボタンを外す手が震え、目の下がねっとりと赤らんでいる。

彩花はブラウスを脱いで、パンティストッキングも爪先から抜いた。

（おおっ……）

ライトブルーの下着に包まれた、熟れた身体に亮太は目を血走らせた。

細いのに、おっぱいやお尻のボリュームがアンバランスに感じられてしまうほど、メリハリのついた肉体だった。

「あ……ああ……」

下着姿の彩花は、どうしてもブラインドが気になるようで、身をよじりながら何度もブラインドが開いてないか確かめている。

「気になるんでしたら、ブラインドの隙間から、オフィスを覗いてみたらどうですか？　まさか仕事中に、社長が下着姿になっているとは誰も思ってないでしょうけど」

彩花がキッとこちらを向く。

その拍子に重たげなふくらみを包んだフルカップブラジャーが、ゆさゆさと揺れて、亮太の目を楽しませる。

「パンプスは履いたままでいいですよ。あっ、首に巻いたスカーフもそのままがいいな。上品な女社長って感じで。あとは全部脱ぐんですよ、ブラジャーもパンティも」

彩花はその羞恥の命令に、目を吊りあげた。

だが無駄な抵抗と悟ったのか、すっと両手を背中にまわしてブラのホックを外し、ブラジャーを腕から抜き去った。

ぶるんっと重たげなバストがこぼれ落ち、ぷっくりとした乳輪が見える。

乳首の中心部が窪んでいるはずが、すでに屹立しており、陥没がなくなってしまっている。

「なんだ、もう興奮して乳首を勃てているじゃありませんか。ククッ、今、社長室で奥様のおっぱいが拝めるとなったら、男の社員が殺到するでしょうねえ」

早口で煽ると、彩花はフンと高い鼻をそらして横を向く。

そうして、さっと腕で垂れ気味の大きなバストを隠すが、大きすぎる乳房は腕だけでは隠しきれなかった。

「で、奥様、おっぱいは何カップなんですか？」

ソファに座ったまま亮太が訊くと、彩花は黙ったまま、いやなものでも見る目つきをする。

亮太はその目を見つめ返しながら言う。

「ブラジャーのタグを見ればわかるんでしたっけ？」

「え、Ｆよ」

ブラのタグなんて見られたくないのだろう、恥ずかしそうにしながらも彩花が即答した。

「Fカップですか。すごいや。しかも四十路を越えてるのに、この張りがすごいですねえ。この前に揉んだときも、揉みごたえがたまりませんでしたよ」

うねうねと指で揉みしだく手つきを見せると、彩花は「くっ……」と唇を噛みしめる。

「さあて、最後の一枚だ。色っぽく脱いでくださいよ」

睨んでいた彩花だが、やがてため息を何度もついてから、パンティのサイドに手をかける。

それでもなかなか決心がつかないらしく、真っ赤な顔でこちらをチラチラと見ては、またため息をついた。

「早く」

少し厳しい口調で言うと彩花は、

《……ああ、あなた、許して……》

という悲痛な表情で、ライトブルーのパンティを脱いでいく。

黒のふっさりした草むらに覆われた股間や、丸みを帯びたヒップが剥き出しになった。

身につけているものはローパンプスに首元のスカーフという、素っ裸より恥ずかしい格好だ。

「ああ、やっぱりすごいなっ……お尻がムッチリして……男好きする身体ですねえ、奥様」

彩花は右腕でバストを左手で股間を覆い隠す。

「さあてと……それじゃあ、たっぷりと楽しませてもらいましょうかね」

卑屈な笑みを漏らしながら近づくと、彩花はフルヌードのままで身体をこわばらせた。

もう亮太の股間はズキズキと脈を打ち、亀頭部がズボンを破って突き出しかねないほど硬く漲っていた。

5

「じ、時間がないのよ……するなら早くしなさいっ」

一糸まとわぬ裸体を両手で隠しながら、彩花は強気に言い放つ。

社長室で裸にされ、無理矢理に抱かれるなど、目眩がするほどつらい仕打ちだった。

だがこの男はごねても諦めないだろう。

ならば地獄のような時間を少しでも早く終わらせようと、彩花は考えた。

「フフッ、いいですとも。なら後ろを向いてください。ブラインドの降りた窓の枠をつかんで、お尻を突き出すんです」

「え……ええっ？　そんなっ」

目隠しがあるとはいえ、社員たちの働いているオフィス側に立つだけでも、震えるほどの恥辱だ。

（ああ、だけど……）

早く終えると決めたのだ。

彩花は窓まで歩いていき、窓の横枠をつかんだ。

ガラス一枚隔てた向こうに、社員たちの息づかいが聞こえてくるようで、彩花はあまりの恥ずかしさに、ぶるっ、ぶるると身体を震わせる。

「早く、お尻を突き出すんですよっ」

叱咤を受け、彩花は身体を低くして、白い熟れ尻を突き出すみじめなポーズを取った。

「おっぱいもすごいけど、ああ奥様のこのデカ尻っ……こんないやらしいお尻は見たことありませんよ。視線からハミ出るぐらいの大きさで、ムンムンと女の匂いが漂ってくる」

お尻の大きさは彩花のコンプレックスだった。

（ああっ……いやっ）

ヒップに顔を近づけているのが、温かな鼻息でわかった。

緊張で身体が汗ばんでいた。

きっと匂いもきついはずだ。愛する夫にすら、こうも露骨にお尻の匂いを嗅がれた記憶はない。

深々と切れ込んだ尻のワレ目もすべて露出させられており、恥ずかしい部分はすべて丸見えだ。

「くう……あっ！　ああ！　い、いやっ」

彩花は尻を突き出した身体を、大きくのけぞらせた。

亮太の手によって尻たぶを大きく開かされ、排泄穴が外気に触れたのだ。

「な、なにをしているのっ！」

肩越しに切れ長の目で睨みつけると、

「たっぷり楽しませてもらうと言ったでしょう？　奥様の身体の隅々まで観察するんですよ。五千万の価値があるかどうか……奥様ももっとお尻をくねらせて、色っぽくアピールしてくださいよ」

「く、くうう……」

口惜しいが、出資金のことを言われると何も言えなくなる。

さらにヒップの下方を、左右に広げられた。

（あああ……）

女性器の内側が空気に触れた

「ああ……だめっ……見ないでっ」

「さっきの強気はどこにいったんです？　おやあ……」

発達した肉ビラの奥に指を入れられ、まるで魚のような生臭さが鼻先に漂ってくる。

「ククッ、もう濡れて……奥様、やっぱりMなんですねえ。いつもの職場で裸にされるのが感じるんですね」

「ち、違うわっ……あひっ！」

ぬるりしたものが敏感なワレ目に押し当てられていた。

舌だ。

彩花はのけぞった。

「んひっ……ハアアっ、な、舐めないでっ……そんなところ……舐めるなんてだめっ……」

おぞましい行為であるにもかかわらず、女芯が疼き、しとどに愛液がこぼれるのがわかる。

「舐めるに決まってるでしょう？　こんなにいやらしい味をさせているのに」

突き出した尻の下に鎮座している亮太は、そう言いつつ、舌を小刻みに動かしてきた。

「はあああんっ、ああっ、いやっ……ああっ、ああっ……」

窓枠にしがみついた状態で、下垂したたわわなFカップバストが波打つように揺れている。

乳房がはりつめ、乳首がジンジンと痛いほど痺れてくる。

身体全体に微弱の電流が走り、視線がぼんやりぼやけてきて、グロスを塗った唇から熱い吐息がこぼれた。

（ああ、四十五歳よ。おっぱいも垂れかけたおばさんなのよっ。それがこんな若い子に翻弄されて……）

窓枠につかまり尻を突き出すだけでなく、素っ裸なのに首にスカーフを巻き、足元に上品なパンプスだけを履かせられ、女社長の身だしなみを残したままのみじめな格好で凌辱される。

（くうう……でも、せめて……感じてはいけないわ。この男を悦ばせたくない。これは卑劣なレイプよ。身体を奪われても心までは……）

まだ自分は亡き夫を愛している。

それだけを思って唇を嚙みしめるも、亮太はその決意を崩そうとするかのごとくねちっこく舌で、クリトリスをなぞってくる。

「ひうっ……や、やめなさいっ……お、犯すなら、早く犯しなさいよ」

「もうこっちもビンビンですけどね。でもだめなんですよ。もっととろとろにしないとね……身体だけでなく、奥様の心も欲しいんですから」

「なっ……」

彩花は顔をよじって、背後にしゃがむ男を見た。

余裕綽々といった表情にゾクッとしたものを感じる。

（くっ……わかってるのね。私が感じまいとガマンしていることを……）

でも負けないわ……。

強く願ったときだった。

「やっぱりダメだ。奥様のトロトロおま×こ見てたら、僕のものにしたくなりましたよ」

背後でカチャカチャとベルトを外している音がする。

頭の中で先日、口に入れられた太い肉竿を思い出していた。

（いやっ、だめっ……考えちゃ、だめよ……）

身体が震える。

「ま、待って……」

ふんぎりがつかない。

腰を折った体勢をやめようとするも、背後からしっかりと尻をつかまれた。

「待ちませんよ。なんなら声を出しましょうか？　社員がみんなとんできて、奥様を助けてくれます。でも出資話はパアだし、奥様はこれから好奇な目で見られるようになりますけど……」

「ひ、卑怯者っ……あ、い、いやっ！」

尻の奥の陰唇に、熱いものが食い込んできた。

バランスを崩しそうになり、彩花は慌てて窓枠をつかむ。

サラサラの黒髪がばらばらに振り乱れ、挿入されまいと左右に双尻をくねくねと揺する。

「じっとしてっ、ああ、ちょうどいい角度だ。下から突きあげるのに、ぴったりだ。ほおら、こんなに濡れて、欲しがっている」

「い、いやあっ……欲しがってなんかないっ……だめっ、だめっ……」

彩花は抗いながら、ふいにブラインドの隙間から、社員たちが働いているのを見た。

(あああ……)

ここで騒げば、みんなすぐに駆けつけてくれるだろう。

だが、そのあとはどうだ。

その結果、おばさんが若者に犯されて騒いだとあれば、へんな噂が立つに決まっている。

ヤリたくて、自分から色目を使ったんじゃないか？

旦那を亡くして、若い男が欲しかったんじゃないか？

そんなみっともないことにはなりたくない……。

想像が駆け巡っていたときだ。

亮太は高級スカーフとパンプスを履いただけの女社長の身体に、いきなり肉棒をヌプリと押し込んできた。

「あうっ……あううう！」

しっかりと腰を持たれ、ゆっくりと剛直が押し入ってくる。

未経験のサイズに息ができなくなり、脚が震えた。

膣口が強引に押し広げられていく。

「だ、だめっ……あっ……あうぅぅんっ……」

恐ろしい圧迫感に美貌を歪ませつつも、漏れ出てくるのは女の艶めかしい声だった。

（あ、脚に力が入らない……だめなのに……）

逃げようと考えるのだが、太い杭で神経まで打ち抜かれたように、膝も手も力が入らない。

崩れ落ちそうになるのを、握力のない手で必死に支えているだけだ。

「子どもを産んだにしては、キツいですねえ。久しぶりだからかな。くっ……でもほら、もうすぐ奥まで入りますからね」

（ま、まだ全部じゃないの？）

驚愕していると、さらに押し込まれ、カリ首が敏感な媚肉をこすりとるように侵入してくる。

「んあ……ああっ……あああ！」

お腹の奥までえぐられて、彩花は立ちバック姿のまま震えた。

「ああ、奥様……つながりましたよ……ついに奥様とひとつに……ああ、奥様は僕のものだ」

うわごとのように言いながら、亮太がバックから強引にピストン運動をはじめてくる。

「あっ……くぅぅ！　あうぅんっ……ううんっ」

息も絶え絶えで苦しいのに、彩花は悩ましい表情をして色っぽい声をあげてしまう。

（ああ、ど、どうしてこんな声が出ちゃうのっ……犯されてるのにっ）

信じられなかった。

社長室でレイプされた。恥辱とショックに悲鳴をあげたかった。

しかし、あげるわけにはいかないとガマンすれば、口端から甘い声が漏れてしまうのだ。

「ああ、すごいな、うねうねしてっ……奥様の体内にチ×ポが入ってる実感が湧いてきますよっ……くううっ……き、気持ちいいっ」

征服感に酔いしれているのか、うっとりした口調で腰を使われる。

ゆっくりとした動きが、まるで自分のペニスの形や大きさを、彩花の膣内に馴染ませようとしている感じだ。

「くぅぅっ……ああっ……い、いやぁっ……」

体内で夫以外のペニスが動く違和感に、彩花は苦悶の表情を浮かべる。

(だ、だめっ……感じては……)

しかし心で拒もうとも、ねちゃねちゃと刺激を受けるうち、膣内は自然な反応をみせて花蜜を分泌してしまう。

(いやっ、反応しないで)

そう思うのだが、亮太はただ突くだけでなく、浅い部分をカリ首でぐりぐりと刺激したりして、感じさせようと巧みに腰を使ってくる。

(こ、この子は……)

甘い快楽が子宮を震わせ、窓枠をつかむ手まで震えがくる。

「あっ、やだっ……あぁっ……あうう……」

恥ずかしい声を出してはいけない。

そう思うのに、膣内からじんわりとした温かな愉悦が、身体を包んで、どうにもならなくなっていく。

パンッ、パンッ……ぐちゅ、ぬちゅぅ……。

「ああん……あぁっ……」

「フフッ、おま×こが食いしめてきてますよ。すごい感じるんですね」

「そんなっ、違う……」

否定するものの膣肉が削られるたび甘い悦楽が生じてくる。彩花は立ちバックの姿勢のまま身体をくねらせてイヤイヤするも、

「うーん、奥様の髪ってキレイですねえ。それにいい匂いだ。この髪を撫でながら、セックスしたかったんですよ」

背後から撫でられ、くんくんと髪を嗅がれる。

二十歳近くも年下の子に頭を撫でられて、恥辱なのにとろけきった肉襞が、ますます甘美な締めつけを披露してしまう。

「ああ、その快感を懸命にこらえようとする表情もたまらないな。口惜しいのに、身体が少しずつ開いていく切ない感じ……最高ですよっ」

肩越しに亮太を見据えていた彩花は、恥ずかしさに前を向いた。

前を向けば、いやがおうにもオフィスを意識してしまう。

「ゆさゆさして……おっぱいも物欲しそうですねえ」

バックからえぐられながら、後ろから伸びてきた手がバストを鷲づかみにし、モミモミと揉みしだきつつ、乳首をつねる。

「あうぅぅ！」

強烈な刺激に、彩花は大きくのけぞった。

「ああ、柔らかくて最高のおっぱいだ。それにいじると、おま×こがキュッ、キュッと締めつけてくる」

亮太は気持ちいいのか、ハアハアとずっと熱い息を漏らしっぱなしだ。

「いやっ、ああんっ……うふんっ……はううんっ」

しかし、その熱い息すら、たまらない刺激だった。

もはや会社のことや夫のことすら、考えられなくなっていく。

「どうですか、奥様……旦那さんにこんなに激しくヤラれたことはないんでしょ

「う？」

「あうっ……い、いやあん……」

そんなこと関係ないと言えばいいのに、もはや啜り泣きしかできなかった。

立ちバックで犯されながら、口惜しさと怒りが湧いてくる。

なのに、肩越しに亮太を見る表情は、自分でもわかるほどにとろけきってしまっている。

「ああ、お願いっ……亮太くんっ、もう許してっ……」

「そんな色っぽい表情して、なにが許してなんですか」

言いながら、入れたまま亮太が顔を近づけてくる。

「その被虐に満ちた顔がそそられますよ」

言われて、彩花はハッとした。

亮太の唇が迫ってきていたのだ。

（キスはだめっ……キスは……）

挿入は無理矢理でも、キスは相手を受け入れてしまう行為だ。

「あうう、だめよっ」

「いいじゃないですかっ、もうひとつになってるんですよ。愛し合っているんですよ。奥様っ、濃厚なベロチューしましょうよ」

「いやっ、絶対に……ンンッ」

頭を押さえつけた亮太が、口元に吸いついて、ぬらぬらした舌でグロスリップの唇を舐めくすぐってくる。

その間にも立ちバックでグイグイとえぐられる。

(う、うふんっ……)

奥まで挿入され、わずかに唇を開いてしまった。

その隙を逃さずに、亮太が舌をぬらりと差し込んできた。

(あっ……だめっ……)

逃げようとしても、顎をつかまれて逃げられない。

「ん、んふっ……ううんっ……」

若い子からの情熱的なディープキスに、彩花は戸惑いを隠せない。

ねばねばとからみ合う唾と、ねちねちと音を立てて吸われる心地よさが、ぼうっと頭を痺れさせていく。

(だ、だめよっ……)

こばまなければ、夫に顔向けできない。

それなのに、亮太はますます激しく舌を動かしてくる。

歯茎や頬粘膜にざらついて舌でこすられると、痺れるような快美が襲ってきて、同時に下半身がゆるみ、さらに深い挿入を許してしまう。

(だめっ……上も下も……塞がれて……あんっ……キスしながらの挿入ってこんなに気持ちいいのね……)

キスで奪われるのは唇だけでなく、彩花の覚悟や理性までもとろけさせていくようだった。

6

(ああ、奥様とついにキスっ……た、たまらない……)

セックスももちろんだが、やはりキスはいい。

相手を受け入れている気がして、心がつながっていく。

(奥様の口の中……なんて甘い……)

口づけでうっとりするのははじめてだった。

果実のような爽やかな吐息や唾液がなんとも甘露で、一日中でもずっと吸っていたいくらいだった。

しかもだ。あれだけこばんでいた彩花が、唇をゆるませてきて、次第に身体も開いてくるのがわかった。

亮太はキスしながら、うっすらと目を開けた。

目の前に切れ長の目を閉じた、美熟女の色っぽい顔がある。

情熱的なキスに、彩花の目のまわりはピンク色に上気して、細い眉はキュウと切なげにたわめられている。

長い睫毛は恥ずかしそうにピクピク震え、鼻先から漏れ出す吐息は、ううん、ううんっ……と悩ましげなセクシーな音色だった。

ひどく興奮した。

男なら誰でも振り向くような、まるで女優のようなルックスと、グラビアアイドルを彷彿させるグラマラスボディ。

しかも女社長らしい毅然としたオーラに包まれている。

そんな美しい熟女が、オフィスで身体を奪われて、あろうことか感じてしまっているのだ。

（くぅ……ゆ、夢のようだっ……）

さらに激しくピストンしながら舌先を伸ばしていくと、奥からちらりと丸めていた彩花の舌が触れた。

（えっ……？）

ねろねろと舌先でくすぐっていると、やがておずおずと彩花も舌を伸ばしてくる。

（奥様……ああ……感じてきてもうどうしようもないんだな）

口を窄めて舌をすいあげ、出てきた舌に舌をからめつかせていく。

「んふっ……ううんっ……うふんっ」

彩花のくぐもった声が、さらにエッチな鼻声になり、いよいよ向こうから舌を動かして、亮太にからみつかせてきた。

（おおう……）

亮太も目を閉じて、ねちゃねちゃと舌をもつれさせていく。

唾液がからみ、角度を変えて何度も口に吸いつくと、次第に彩花も熱が籠もったキスになって積極的に舌を動かしていく。

ハアハアと息苦しくなって、ようやくキスをほどけば、愛し合った証のような唾液の糸が、ふたりの唇の間にツゥーと垂れる。

「奥様からのディープキス、たまりませんでしたよ」

言うと、彩花はハッとしたようになり、顔を赤らめて「ち、違うのっ」と狼狽えている。

「なにが違うんですか、ほうら、もう感じてるんでしょう?」

興奮が高まり、立ちバックのストロークにも力が入る。

ばすっ、ばすっ、と力強い音をさせてヒップの肉に腰をぶつけ、子宮の奥までを先端で刺し貫く。

「あぅぅ……ああっ、い、いやっ……こんなのっ……ああんっ……」

そこまで甘い声を漏らしながら、彩花は口を閉じた。

《感じちゃだめ》

彩花の横顔に、そんな健気な決意が書いてあるようで、ますます亮太は被虐の気持ちが強くなり激しく腰を使って、えぐりたくなってくる。

「いいんですよ。感じてくださいっ、奥様……」

「あうう……そ、そんな奥まで……あ、あううんっ……んんうんっ……」

立ちバックの体勢でFカップバストを揺らしながら、いよいよ彩花の声に切ない女の音色が響き、瞼を半分落としたようなとろけ顔になっていく。

上気した白い肌にうっすら汗が浮かび、ムチムチした身体はしっとり濡れて余計にいやらしさを増していく。

汗でぬらついた豊満なヌードだが、首におしゃれなスカーフを巻き、高級そうなローパンプスを履いただけの格好が、みじめさを際立たせている。

「ククッ……ああっ、たまりませんよっ……奥様っ、ほら……会社で犯されて、みんなの目の前でイクんですよ」

グイグイと突きあげると、尻を突き出した格好の美熟女が、美しい背中をさらにそらして、いよいよヒップを揺すってくる。

「ああんっ……それだけは……ああんっ……だめっ……あああ……」

とは言うものの、ますます膣の締まりはキツくなり、媚肉が痙攣をはじめる。

「イクんですね、奥様……ああ、こっちもたまりませんよ」

ガマンしていた射精への渇望がふくらんでいく。尿道が熱く滾り、こちらももうどうしようもなくなっていく。

「くううっ、ああ……だめだ……出るっ……出しますね、奥様の中……」

立ちバックの姿勢のまま言うと、彩花の身体が強張った。

肩越しにつらそうな横顔を見せてくる。

「そ、そんなっ……ダメッ……そ、外に……お願いっ、それだけは……」

しかし彩花の抵抗はおざなりだった。

もう彩花もとろけきっていて、どうにもできないのだ。

さらに突き入れた、そのときだった。

「ああん……だめっ……ああんっ……イクッ……いやあああッ！」

窓枠をつかんだまま、彩花が叫んだ。

その瞬間、彩花の身体がガクガクと震えて、膣がギュウウと搾られた。

「ああっ……僕も出ますっ……くううう」

身体が浮くほどの激しい快感だった。

切っ先が痺れたと同時に、亮太は彩花の中におびただしい量のザーメンを注ぎ込んでいた。

「くうう……」

あまりに気持ちよすぎて、亮太は彩花を後ろから抱きしめて、ぶるっ、ぶるっと何度も腰を震わせる。

まるで魂まで抜かれたような激しい射精がようやくやみ、ずるりとペニスを抜き取ると、彩花は社長室の床にへたり込んでしまった。

「ああ……こんなの……」

素っ裸の彩花は、ハアハアと荒い息をこぼしつつ、とろんとした顔で宙を見ていた。

心は恥辱に打ちひしがれているのに、身体はアクメの余韻に浸って悦び、歓喜に震えているみたいだった。

「最高でしたよ、奥様……」

ぐったりしてまだ呆けている彩花を見て、劣情が収まらない。

しかしもう時間もない。

一度だけでは収まらない。

何度でも犯したかった。

（やっぱり、奥様を自分のそばに置いておきたい……）

会社の乗っ取り……。

そうすれば、永遠に彩花は逆らえない。

そして、娘の沙希……あの子も可愛らしかった。

このふたりを裸にして、横に並べて順番に……。

そんなことを考えるだけで、出したばかりの陰茎はまた、力をみなぎらせていくのだった。

第三章　ママ譲りの肉体

1

「若いのに、こんな立派な企画を立てられるとはな……さすが津島社長の娘さん。ウチの若い連中とはえらい違いですわ」

前に座る取引先の社長がニヤニヤと笑いながら、ちらちらと目線を沙希の胸元に寄せてくる。

（また、私の胸を見てる……やだな、もう……）

沙希は少し困ったような顔をして、咳払いした。

母親からの遺伝なのだろう、童顔で小柄な細身ながら、バストは母親と同じF

カップある。

今日は打ち合わせ兼会食で、経営企画部長として銀座の料亭に来ていた。

会食でも華美な服装は避けて、地味なライトブラウンのタイトミニスーツと、ゆったりした白いブラウスを身につけている。

それでもやはり、胸元のボリュームは男の目を引きつけてしまう。バストだけではない、ヒップも大きくパンと張っているから、余計にそうだ。

いつものことだと思う反面、やはりこの男のいやらしい視線は、たえられない恥ずかしさだった。

（ママみたいな怖さと迫力があればな……）

沙希は丸い小顔にくりっとした大きな目が特徴的で、高校生に間違えられるほどの童顔だ。

せめて大人っぽくと、髪型はゆるめにウェーブしたボブヘアなのだが、それでもまだ大学生くらいに見えるらしい。

だから相手に舐められてしまい、こういったあからさまなセクハラ目線を受けてしまうのだ。

（でも結婚して一年たったんだし……もう少ししたら、色っぽさも出てくるのか

しら）

和室で日本酒をいただきながら、そんなことを考える。

沙希が目指すのは、足がすらりとしたミニスカートのスーツを着こなし、ピンヒールでカツカツと大股で闊歩しながら、クールな視線を送る才色兼備な女性である。

衒《てら》いもせず、かといって媚びもせず。

自然体でいながらも、衆目を浴びるいい女。

（それって、要はママよね……私も、ママみたいにできる女になりたい）

幸いにして商社に勤める夫は、沙希が家庭と仕事を両立することを応援してくれる。

ふたりとも忙しいから、まだ数えるくらいしか身体を重ねていないが、十分に愛を確かめ合っているから、なんの不安もなく、こうして会食に出かけられるのだった。

「いやー、それにしてもキレイでうらやましい。ウチにもこんな可愛らしくてスタイルのいい美女がいたら、仕事に張り合いが出るのに」

アルコールが入ってくだけてきたのだろう。

社長がセクハラ発言をした。

普段だったら受け流すところだが、いやらしい視線も重なって、その言葉にちょっとムッとしてしまった。

「お言葉を返すようですが、その発言は前近代的ですわ。まるで女性はお飾りみたい」

沙希がぴしゃりと言ったので、社長は目を丸くした。

まるで孫のような若くて可愛い女性に叱られた。

場はちょっと白けたムードになってしまったが、部下である課長の山下《やました》が、

「やだなあ、ウチの部長が冗談を真に受けちゃって、すみません……褒めたんですよねえ」

山下が取り繕ったおかげで、なんとか会食は滞りなく終わった。

玄関に出て、山下とタクシーに乗り込もうとしたときだ。

向かいに同じような料亭があり、そこから大勢の人間が入り口にやってきた。

その中心に貫禄のある老人がいて、威厳を振りまいている。

（……榊《さかき》！）

間違いない。ＧＧＤグループの会長、榊一郎。

榊は、ＩＴ業界では神のような存在だ。

いまやグループは通販だけでなく、メディア事業やら銀行、不動産まで手広くやって売上げ一兆円を達成している。

数々の買収を手がけていて、フィーチャークロスにも出資を持ちかけてきているが、母親である彩花が絶対に受けないと宣言している。

当然だった。

亡き父親がつくったゲームアプリを榊に盗作されたことは、彩花だけでなく沙希も間違いないと思っている。

忌々しげに見ていると、大勢の人間に見送られつつ、榊は隣にいた秘書風の美しい女の腰を抱いて黒塗りのクルマに乗り込んだ。

いやらしい手つきや目つきだった。

（エロジジイ……ウチの会社は、絶対にあなたの思う通りにはならないわ）

心の中で悪態をつきつつ、山下とタクシーに乗り込んだ。

「部長」

後部座席に座り、走り出したところで山下が声をかけてきた。

山下は自分より七つも上だが、沙希の能力を尊重してくれる、社内では数少ない味方だった。

「今日のことですか？　私はあの社長に謝るつもりは……」

「いや、別の話です。ちょっと噂を耳にしたもので。ウチの社外取締役にユニバーサルフラップの社長が入るらしいって」

いきなりの話で、沙希は驚いた。

「えっ……それってたしか前田……」

「前田亮太。ウチに元いたエンジニアです。あくまで噂レベルですけど、ウチに出資する条件のひとつが、彼を迎えることとか……」

「なんで向こうの社長が自ら……」

「さあ。でも言われてるのは、乗っ取りじゃないかって」

「乗っ取り？」

「ええ。最近、ウチの株も動きがどうも怪しいと。前田の会社が動いてるんじゃないかって友部さんが……」

「私はそんな話、聞いてないですよ」

「友部さん、部長のことを嫌ってますからね。もしかして、乗っ取りにあった方がいいとすら思ってるかも……」

「そんな……」

馬鹿な、とも言い切れなかった。

友部は父親には心酔していたらしいが、母の代になって、母を露骨に見下すような態度を取るようになった。

社内にはそういう人間も少なくない。

「気をつけないといけないですね……あの、山下さん……前田亮太って、どんな人だったんですか？」

沙希が訊くと、山下は「うーん」と唸った。

「能力はあったけど、あんまりコミュニケーションとれるタイプじゃなかったなあ。だから、最近結構前に出るようになって驚いてるんですよ。あと……」

「あと？」

訊くと、山下は少し言いにくそうに口を開いた。

「今の社長とちょっと折り合いが悪かったかな。社長も前田の能力は買ってたんだけど、期待してた反面、かなりつらく当たって見えましたね。だから、アイツ冗談めいて言ってたんですよ『いつか社長を僕の言いなりにしてやりますよ』って。無理に決まってるだろうって、みんな本気では受け取らなかったけど」

ぞっとした。

というのも、父の三回忌法要で亮太の姿を見かけたのだが、母を見る彼の目がいやらしい光を帯びていたのを思い出したからだ。

(最近のママ、元気がないみたい……出資を受けたのにヘンだなって思ってたけど……まさか、あの男が……)

不安になってきた。

母は凛として、誰にも媚びない人だったけど、やはりこのところの売上げの低迷には頭を悩ませていた。

父の興した会社をつぶしたくないと、出資金という弱みにつけ込まれた可能性もある。

タクシーの中から実家に電話すると、母の彩花が出た。

彩花は実家近くのマンションに新居をかまえたので、しょっちゅう実家と行き来している。

今から行くと伝えると、母は「どうしたの?」と不安げな声を出しつつも、待っていると言って電話を切った。

2

沙希は息を呑んだ。

和室の中央に置かれた大きな椅子に、母の彩花が縛りつけられていた。

「マ、ママ！」

「ンッ、ムゥゥ！」

彩花はくぐもった悲鳴を漏らして、イヤイヤする。

口に丸いボールのようなものがつめ込まれていて、猿轡のように声を奪われてしまっている。

両手は後ろにまわされて、背もたれに括りつけられているようだった。

それよりも下半身だ。

母の両脚は大きく開かされており、それぞれの脚が椅子の手すりに乗せられてベルトのようなもので固定されている。

フレアスカートは腰までまくれて、白いパンティが露わになっていた。

ブラウスも前を開けられ、ブラジャーに包まれたゆたかな乳房が露出している。

「ママ、ママ……どうして、こんな……」

愛する母のあまりにショッキングな姿を見て、沙希は動揺してしまった。

もちろん亮太がその隙を逃すはずもなく、沙希は後ろから亮太に羽交い締めにされ、冷たい金属の輪を手に嵌められた。

(て、手錠?)

そのまま手首をひねられて、背中にまわされる。

もう片方の手も同じようにされて、後ろ手に手錠を嵌められてしまった。

「な、なにをするのっ、ふざけないでっ」

くりっとした目で肩越しに睨みつけるも、もう両手は完全に使えなくされて、バランスすらとれない。

両手を必死に動かすのだが、手錠を外すどころか痛みすら増していく。

「ごめんね。暴れられると怖いから。ママにはこのまま引っかかれたんだよね」

亮太に背中を押されると、ふんばることもできず、沙希は和室の畳の上に転がされてしまった。

「い、痛っ!　な、なにするのよっ」

後ろ手に手錠を嵌められたまま、見あげると、

「ンッ……ンッ!」

母が猿轡を嵌めたまま、苦悶の声をあげているのが目に入る。

M字開脚されたまま恥ずかしそうに顔をそむけ、娘から見ても凄艶な美貌を真っ赤に染めている。

「マ、ママ……ママをこんな風に辱めて……許せない」

不自由な身体を揺すりながら、沙希は亮太を睨みつけた。

スーツジャケットの下に着た白いブラウスの胸が、ゆさっ、ゆさっと揺れてしまう。

「融資額三倍でどうかなあ、だめ?」

「あ、あたり前よっ」

近づいてくる亮太を蹴ろうと、タイトミニからパンティがのぞくのもかまわずに脚を暴れさせる。

だがその脚をつかまれ、無理に上に乗られてしまう。

小柄で華奢な肉体は、男の力で組み伏せられてはどうにもできない。ただ、隙あらば股間を蹴ってやろうと思っていると、

「おっと、暴れないでね。抵抗するなら、代わりにママを犯すことになる」

「なっ、なんですって……」

「ンンンッ……！」

母の彩花が呻いた。

はっとして母の顔を見れば、M字開脚させられたまま、真っ赤な顔をしながらも、こくっと小さく頷いてみせた。

（マ、ママ……私の代わりになると言いたいのね）

考えたくはないが、おそらくもう母の彩花は亮太の毒牙にかかっているのだろう。うまく言えないのだが、ここのところ母親の身体がやけに艶めかしく、ドキッとするほど色っぽい腰つきだと思っていた。

だがそれでも、身代わりに抱かれて……なんていえるわけがない。

「セックス経験がどれくらいあるのか、試してみようよ」

亮太が勝手なことを言い出した。

「関係ないでしょう。あなた、ストーカーかなんかなわけ？」

「ストーカーっていうか、僕が救うって決めたんだもの」

「救ってくれるのはいいけど、やり方が問題なのっ！　あ、こら」

亮太が無遠慮に、頰から首筋を撫でてきた。

「しかし……いい身体してるなあ。小柄なのにおっぱいだけ大きいし……腰がくびれてるのに、ヒップはムチムチだ。目が大きくてくりっとしててさ……可愛い感じなのに、人妻らしい色気もある」

早口で言いながら、亮太の手がブラウスの胸元にかかる。

「いやっ！　やめてよっ」

身体を揺するのだが、やはり母のことが気になって抵抗はおざなりだ。

ブラウスのボタンはひとつずつ丁寧に外されていき、ブラウスとジャケットを肩から脱がされる。

「ああんっ、いや……」

二十五歳の若さあふれるまぶしい白い肌と、ベージュのハーフカップブラジャーに包まれたふくらみがまろび出る。

「やっぱりデカいな。あんまり揉まれてないのか……ママよりもちょっと小さいが、形はいいな」

亮太が背に手を入れてきた。

太い指が慣れた手つきで、ブラのホックを外す。

「おおっ、いいおっぱいしてるじゃないかよ……」

ぶるんと出てきた乳房を、男は鼻息荒く見つめてくる。

沙希の色白バストは、下乳がしっかり丸みをつくっていて美乳である。張りが強く、うつ伏せでも乳首がツンと上向いて、しっかりした弾力を見せていた。乳頭部の薄ピンクも処女のように清らかだ。

「いやああ！」

沙希は乳房を隠そうとするのだが、後ろ手の手錠によって、どうすることもできなかった。

「ンンッ……ンンンンッ！」

母が椅子に縛られた不自由な身体を揺らした。

「娘の代わりに私にして」と言わんばかりに、すがるような目を亮太に向けている。

沙希は母の姿を見て、きりきりと奥歯を嚙みしめる。

（待っていて……ママ。今、助けてあげるから……私がこのケダモノの相手をすれば……）

たしかに夫とはセックスレスだが、愛し合っている。

（許して、あなた）

死にたいくらいに恥ずかしいが、母のこと、会社のことを考えて、沙希は唇を嚙んで羞恥にたえる。

「ククッ、いいね、そのたえようとする表情が」

亮太の手が左の乳房に触れた。

まるで量感をたしかめるように一度揺らしておいてから、ゆっくりと揉みはじめる。

「くうっ……！」

夫のものである自分の身体。乳房ももちろんそうだ。

その乳房に食い込んでくる夫以外の男の指に、沙希はたまらない嫌悪を感じて屈辱の呻きを漏らす。

「うーん、見た目もいいけど、揉み心地も最高だなあ。柔らかくて、でも指を押し返してきて……」

亮太は笑いながら、右の乳房も揉みしだいてきた。

見事な球体を描いていたゆたかなバストが、男の指で歪む
（い、痛いっ……そんなに揉まないで……）

「あっ……うあうっ……くぅぅっ……は、離してっ」

乳腺が搾られる痛みと恥ずかしさに、沙希は苦しげに訴える。

「静脈が透けて見えるよ。エロいおっぱいだなあ」

男はうわ言のように呟きながら、両手でひしゃげるように、おっぱいをじっくりと揉み込んでくる。

「ううっ、うむぅ」

沙希は不自由な身体を悶えさせて、呻いた。

ごつごつした指が乳肌に食い込むたびに、じっとりと身体が汗ばんでくる。

（くうう……か、感じるもんですか……）

そう思うのに男の指は、しっとりと乳房にまとわりつき、ついには強弱をつけてやわやわと揉みはじめてくる。

「くう……ううっ……」

なんていやらしい手つきなのかと、沙希は戸惑っていた。

身体がジクジクと疼きはじめている。

（あっ……はああ……）

拘束された身をよじれば、縛られた母の表情が見える。

娘が無理矢理に身体を奪われているシーンを見せられているのだ。いつもは凜とした母の彩花が、今にも泣き出しそうだ。

（ママ……私……負けないから）

きりきりと奥歯を嚙みしめていると、亮太はクフフと嘲笑する。

「沙希ちゃんも経験があまりないみたいだな。ほら……」

男の指が不意に乳房のトップ……薄ピンクの乳首をつまみあげた。

ギュッとつまんだまま、ひねりあげてくる。

「い、いやン」

思わず女っぽい声をあげてしまい、沙希は口惜しさと恥ずかしさで唇を嚙みしめた。

「可愛いねえ……そのアニメみたいな甲高い声が」

言われて、また乳首を指でいじられる。

「くううっ、うう……」

もう感じまいと思っても、一度火がついたらダメだった。

「あっ……だめっ……う、うう……」

沙希は、クリッとした黒目がちの目を歪ませて、息を荒らげる。

自分の肉体に生じている異変が強くなっていき、沙希は狼狽える。その反応を

男は楽しみながら、

「ククッ。こんなにおっぱいの先っちょを尖らせちゃって……」

亮太は沙希の乳首から指を離し、今度はじっくりと指腹でくりくりと圧してきた。

「ううっ……や、やめて……」

強く握られたと思ったら、今度は優しくいじられる。

強弱をつけての刺激に、女体はいやでも火照りを増していく。

「フフッ……感じやすいのも、ママ譲りかな」

亮太は乳首に吸いつき、舌で舐め転がしながら軽く歯を立てた。

「くぅ！」

強い刺激に腰がビクッと大きく痙攣し、自然と顎が跳ねあがった。

「いいんだね、これが」

ククッと笑いながら、また乳首を甘嚙みされる。

「くぅぅ……ううっ……」

(か、感じちゃ、だめ……なのに……)

ハアハアと息があがり、首筋や腋窩に汗がにじみはじめてきた。

3

（ンフフ……こりゃあいいや。初々しくて……可愛いな）

亮太は後ろ手に拘束され、スーツをはだけられた若妻を見つめた。

クリッとした大きな目が怯えたように歪んでいる。

強気だった才女が、これほど性的な刺激に弱いとは思わなかった。母娘ともども美人なのに経験が少ないという、男としては最高の展開だ。

もうガマンできなかった。

亮太は沙希から離れ、スラックスとボクサーパンツも脱ぎ飛ばし、上も脱いで全裸になった。

逸物は急角度でそそり立ち、先端からヨダレを拭きこぼしている。

「い、いやっ……！」

娘は半裸で拘束された身体をよじらせる。

タイトなミニスカがまくれ、パンストに包まれた白い太ももがきわどいところまで見えている。

身体を揺らすと大きなおっぱいもぷるるん、と揺れて扇情的だ。

「んぅぅ……んぅ……！」

そして見学者として、椅子にM字開脚で縛られた母は、いやいやしつつ、切実な目を亮太に向けてきた。

《娘はやめて。私が代わりになるから》

猿轡をしていても、その目が悲痛な母親の気持ちを物語っている。

（うーん、強引すぎたかな。でもいいや。ふたりともども、淫乱になってもらうんだから）

「ンンン！　ンンッ」

彩花は不自由な身体を揺すって、なんとか娘を助けようとしている。

しかし、両手は背もたれにくくりつけられて、両脚は大きく開かされて、椅子の手すりにしっかりとベルトで固定されている。

しかも、これは娘の沙希も知らないことだが……。

フレアスカートがまくれ、露出している白パンティの内部。

実は彩花の膣内に小さなローターが埋められていて、細かな振動によって、ずっと媚肉をいたぶられ続けていた。

真っ赤な顔になっているのは、娘のことだけでなく、自分も辱めを受けているからであった。

「おやあ、娘が襲われているのを見て、ママも興奮してきたのかな？」

「ムーッ！」

彩花が切れ長の目で睨みつけてくる。

だがその怒りも短時間だ。

「ンンッ……ンンッ……」

アソコに入れられたローターが疼くのだろう。すぐに彩花は困り顔になり、何度も首を横に振っている。

眉根を寄せたその表情に、ムンムンと濃厚な色香が見え隠れしている。

沙希はその様子を見て、不安げな顔をした。

「さあて、ママも興奮してきたし……こっちもたまらなくなってきたよ」

亮太は素っ裸で、沙希にのしかかった。

「いやっ……ああっ……さ、触らないで」

抵抗しようにも力の差は歴然だ。しかもだ。背中にまわされ手錠を嵌められた状態では、もうどうにもできないだろう。

沙希が身をよじると、外れかけのブラが肩からズレ、ぷるんっとしたゆたかなバストが揺れ弾む。

そのおっぱいに手を伸ばして、揉みしだきながら沙希を見つめる。

「す、するなら、早くしなさいよ」

ふんっとそむけた顔が、意外と母親に似ていることに亮太は気づいた。

（母親と同じ勝ち気なセリフ……やっぱり親子だなあ）

欲情にかきたてられた亮太は、沙希のタイトミニをまくりあげる。

「くうっ……」

恥ずかしいのだろう、沙希が真っ赤になって小さく呻いた。

（いや、もしかしてコンプレックスを見られるのがいやなのかな……）

ヒップの迫力は想像以上だった。

さすがに四十五歳の母ほどではないが、デカかった。

丸々とした肉づきのいい尻を、パンティストッキングとベージュのパンティが覆っている。

二十五歳の人妻は、これほどの魅惑の尻をしていたのかと、舌舐めずりしてから、むしゃぶりついた。

「あっ……あぁっ……」

沙希が身体を丸めた。

だがその格好こそが、尻の丸みを余計に引き立たせる。

亮太は鼻息荒く、沙希のパンストの上端に手をかけると、パンティと一緒に丸めて膝までズリ下ろした。

「ああっ、いやっ!」

下半身を剝き出しにされた可愛い若妻が、乱暴に脚をバタつかせて、逃げようと試みる。

亮太はその真っ白い尻肉をつかむと、大きな尻の中心を両手で広げ、濃い匂いを発散させる陰部に顔を寄せた。

「いやぁ!」

沙希は眉をひそめ、尻を引っ込めようと大きく藻掻いた。

(おお!)

背中を押さえつけたまま、ヒップ下部を見れば、恥丘のふくらみのあわいに、濃いピンクの肉ビラがハミ出ているのが露わになっている。

「人妻とは思えない、キレイなおま×こだねえ」

「ひっ……ああっ、み、見ないでっ」

沙希は長い睫毛を固く閉じて、眉間に縦ジワを深く刻んでいる。

手錠を嵌められた両手で隠そうとするその手を撥ねのけ、亮太は鼻先を近づけてみる。

若妻の秘部は、すでに発情した匂いが立ち籠めている。

(これはもう濡れてきてるな……こんな風に乱暴にされても感じるなんて、まさにMっ気も母親譲りだ)

亮太はニヤリと笑い、清楚な若妻の園の香しい匂いを、胸いっぱいに吸い込むのだった。

4

「ああ、たまらない匂いだ……沙希ちゃんはいい匂いがするけど、おま×こもヨーグルトみたいな、そそる芳香だよ」

鼻先でアソコの匂いを嗅がれている。

沙希は真っ赤になってうつ伏せの身体を悶えさせる。

恥ずかしくてたまらないのに、縛られた母親のことが頭にあって、どうにも抵抗できないのがつらかった。

男が陰唇に指を這わせてきた。

「くう……うう……」

軽く触れられるだけで、腰がビクッ、ビクッと動いてしまう。

(ああん……どうしてっ……だめっ、だめよ。反応しちゃだめ)

自問自答して、自分を叱咤する。

「フフッ、ママの前でいやらしいことされると、余計に感じるみたいだね」

亮太が尻奥を嬲りながら、言い放つ。

ちらりと縛られた母の姿を見る。

どうにもいたたまれないようで、何度も首を振っていた。

「こ、これしきのこと……なんでも、ない……」

唇を開き、ハアハアと喘ぎながら肩越しに男の顔を睨みつける。

「勝ち気でいいね。じゃあ、もっといやらしく触っちゃおうかなあ」

男は楽しげに言い、今度は指を亀裂に押しつけてこすってきた。

「はあんッ」

沙希はビクッとして、思わず甘い声を漏らしてしまう。

（な、なんでこんなに……感じるの）

痺れるような刺激に、弾力のある若妻の尻はわななき震える。

熱い汗が玉のように噴き出し、むっちりしたヒップの丸みに沿って、さあっと流れていくのがわかる。

「たまらないなあ。可愛い上に感度は抜群だし……」

何度もワレ目を強くこすられる。

（アア……ああん……力が……抜けるっ……）

したくもないのに、じれったい刺激を受けて、ムチムチしたヒップを男の目の前で振りたくってしまう。

「ああ、そんなに尻を振っちゃって……ねえ、感じるんでしょう？」

男の指がいきなり膣穴をえぐり、ぬぷぷと刺し貫いた。

「あッ、あああーッ！」

沙希は大きく目を見開き、背中を弓なりにしならせて悲鳴をあげた。

（ああっ、ど、どうしてっ……そんな……）

手錠で拘束された両手を、沙希は握ったり開いたりした。

「く、くう……」

夫以外の男の指が、女の大事な部分に入って蠢いている。

恥ずかしさと気持ち悪さで身を震わせるのに、指を動かされると、敏感な媚肉がジクジクと疼いて、太ももをよじり合わせてしまう。

(ううう……こんな……イヤな男の指でいじられて、身体が痺れるなんて……)

それどころかこらえきれずに、男の指の抽送に合わせて腰がビクッ、ビクッと跳ねあがるのを、自分ではどうすることもできない。

(こんな……こんなの……)

人妻だが、性的な経験が浅いために、男の卑劣な愛撫から逃れるすべを知らなかった。

ますます体温があがり、肌が火照ってしまう。

「あ、あうう……や、やめてっ……くうう」

「おや、これしきのこと、とか言ってなかったかなあ？　素直になりなよ、気持ちいいんでしょう？」

亮太は指のピストンをやめ、沙希の肩越しの横顔に顔を近づけてくる。

うつ伏せの身体は、湯気が立つのではないかと思うほどに熱く火照り、ミドルレングスのさらさらの栗髪が顔に枝垂れかかる中、沙希はハアハアと熱い息にまみれている。

「くっ……き、気持ちよくなんて……」

「強情だなあ。ククッ……でも、もう濡れてきちゃったじゃない」

「な、なにを……」

真っ赤になって非難しようとするものの、指を出し入れされてクチュクチュという音を聞かされては、もうだめだった。

「くうう……こ、これは……乱暴に指を入れられたから……」

肩越しに言い訳するも、亮太は勝ち誇ったように笑う。

「ふーん、そうなんだ。じゃあ、優しくするね」

ゆっくりと出し入れされると、身体の奥がジクジクと疼いて、濡れていくのをはっきりと知覚する。

「んんっ……あうう……」

指でいじられる快感は媚肉に通じ、しっかりと反応してしまう。

膣口から愛液があふれているのだろう。

うつ伏せのままでは女の園は見えないが、水音がピチャピチャと激しくなっていくので、それがわかる。

「認めなよ。気持ちいいんでしょう？　ママ譲りのナイスバディは感度がいいんだからさあ」

　上を見れば、縛られた母の彩花がつらそうに首を振っている。

（ママも……これと同じような、つらいことをされたんだ……ああ……）

やはり自分が身代わりになるしかない。

弄ばれても、涼しい顔をしていればいい。

頭ではそう考えるのに、敏感な奥を指でぬんちゃ、ぬんちゃと攪拌されれば、意識がとろけて、男に身を任せたくなってしまう。

「しかし可愛いね。なんだっけ、今人気のアイドルのあの子にそっくりだね。目がくりくりっとして、小顔で色白で、ククッ……好きになっちゃいそうだよ。もっと色っぽい顔を見せてご覧よ」

思い切り腰を後ろから引っ張られた。

沙希はこめかみを畳にこすりつけ、尻だけを大きく掲げたみっともない格好にされる。

空いた方の手で、下垂したおっぱいをムギュムギュと揉みしだかれる。

さらに白いブラウスやジャケットを肩から脱がされ、拘束された両手にからませられて、白い背中を露わにされる。

亮太は指を膣奥に入れ、おっぱいを揉みしだきつつ、なめらかな背中に顔を近づけて、汗ばむ背中にツゥーッと舌先をすべらせてきた。

「あ、あんッ……」

甘い声を漏らし、沙希のヒップが淫らにくねった。

(だ、だめ……)

口惜しさに奥歯を噛みしめようとするのだが、三箇所の同時愛撫に、自然と唇が開いてしまう。

「色っぽくていい顔だ。もっといやらしい顔を見せてよ、沙希ちゃん。今度はこっちの桃尻をせめてあげるからさ」

若妻は双尻を左右に割り裂かれて、いよいよハッとなった。

「おおっ……こっちの穴もキレイだね」

肛門に柔らかいモノが触れ、チュッと音が立った。

「ああ……そ、そこは、そこはイヤッ！」

口だ。

お尻の窄まりにキスされたのだ。

（う、うそっ……こんなところを……）

お尻の穴に口づけされるなんて、想像もしてなくて意識が真っ白になる。

逃げようにも、しっかりと尻タブを持たれては逃げようがない。

尻割れに顔を埋めた男の舌が、アヌスをさらに、ねろり、ねろりと丹念に舐めてくる。

「ひぅ……あっ……あっ……ああんッ」

排泄器官を他人にいじくられるおぞましさに、自然と目尻に涙がにじむ。

だが汚辱感に身体を震わせても、甘い啜り泣きの声を漏らし、汗の光るヒップをくねらせるのをやめられない。

（ああ……いやン……ああっ、どうして……こんなにいやなのにっ）

母親の前で尻穴をいじくられるのは、死にたいくらいの恥辱だ。

だが、身体が熱く燃えていく。

お尻の穴を舐められているのに……だ。

「いやあァ……ああっ……ハアアッ」

背中にまわされた手を暴れさせるも、むなしくカチャカチャと手錠の金属音が響くだけだった。

「お尻が気持ちよさそうにヒクヒクしてるよ。勝ち気な女はお尻の穴を責めるのがいいね。すぐに従順になる」

亮太は顔をあげて、今度は指でワレ目をねぶり、さらにはクリトリスまでつまみあげる。

「ハアア……！」

尻穴の次は敏感な肉豆だ。

柔肉がもうカアッと火のように熱くなり、熱い官能の蜜をしたたらせていくのがわかる。

「すごいな……娘はお尻の穴を舐められて、こんなにおま×こをぐちょぐちょに濡らしてるんだよ」

「ムウウッ！」

口にボールを嵌められた母が、必死にM字開脚で椅子に縛られた肢体を揺らしている。

沙希はその悲哀に満ちた母の姿を見ても、もうどうにもできなかった。

ただ熱く滾った身体の火照りをなんとかしてほしい……。

「これだけのいい尻してたら、アヌスが感じるのもしょうがないよ……今度はここも使おうね、沙希ちゃん」

亮太が再び沙希の尻割れに舌を這わしはじめた。

「うっ……はあああ」

「ほうら、窄まりがゆるゆるになってきた」

ぺろりぺろりと情熱的に尻穴や、会陰、それにワレ目までを舐めつくしていた亮太は、いよいよ排泄の穴ににゅるりと舌を差し込んでくる。

「あうぅぅ！」

（わ、私のお尻の中に……人の舌があるなんて……）

腸管を舐められると、もうどうにかなってしまいそうだ。

同時に指先はワレ目の膣穴をえぐってきて、どっと熱い蜜を噴きこぼす。

「ああんっ……はあああんっ……あっ……ああ……いやあんっ」

尻穴と膣穴を同時に責められて、意識がとろけていく。

腰がうねり、感じた声をとめられない。

沙希はこめかみを床につけながら、掲げた尻をくねっ、くねっ、と揺らしてしまう。

「ああっ、そんなにおねだりして。沙希ちゃん、もうたまんないや」

亮太は忍び笑いを漏らしつつ、指と舌を抜いて、背後から豊かなヒップを抱え込む。

熱くて硬いモノを尻割れに押しつけられ、沙希はハッと目を見開いて、全身を強張らせる。

「いやあ……ダメッ、いやよっ……ああっ……あああッ！」

やはり平常心ではいられなかった。

「ああっ、入ってくる……ああっ……だめっ……あああんッ」

夫のものではない男の性器……熱くぬらつく硬いペニスがジワジワと押し入ってきた。

（ああ、あなた、あなたァ……！）

愛する夫の姿が、脳裏をよぎる。

だがそれも一瞬だった。

肉茎がゆっくりと押し入ってくると、待ちかねたように肉襞がざわめき、こめかみを畳につけた不自由な格好のまま、腰を大きくくねらせてしまう。

「くうう……そんな……あああっ……」

（だ、だめよ……だめぇ……）

背中にまわされ、拘束された手を握りしめ、たえようとした。

「あっ……あっ……あううう……」

小さな膣口が信じられないほど大きく広げられている。

硬い剛直でいっぱいにされて、早くも快楽に流されていきそうな自分を律しようと、ミドルレングスの髪をうねらせて首を振る。

しかし、男は容赦なかった。

いっぱいだと思っていたのに、さらに腰を押し込んできて、ごりごりと子宮まで埋められていく。

（ふ、深いっ……こんな……アアッ、アアアーッ！）

先端が子宮口に当たり、それだけで意識が飛びそうなほどの愉悦に身体が包まれる。

これほどの深い交わりは、夫との性交では感じたことがなかった。

沙希は汗ばんだヒップを揺らし、

「ああっ……あぁんっ……ハアアアン！」

と、こらえきれぬ悦びの声をあげる。

「くうう……小さくて締まりが強いっ……き、気持ちいい……チ×ポがとろけそうだよ、沙希ちゃんっ」

亮太はうっとり言いながら、腰を引いて、今度は一気に奥まで貫いた。

「はあああんっ……」

甘く激しい快感に、沙希はハアハアと熱い息をこぼしながら、艶のある声を漏らし、ヒップをブルブルと震わせる。

「いい声だね、もう感じちゃったんだ。たまんないや」

力強いピストンがはじまった。

汗ばむヒップをつかまれて、バックからリズミカルにパンパンと腰を打ちつけられる。

「あうぅっ、いやっ……はああんっ」

拒もうとするものの、力強い怒張で敏感な肉壺をこすられると、あっという間に身体が燃えあがる。

打ち込まれるたび、下垂した巨乳がぷるん、ぷるんと揺れ、それをまた揉まれて乳頭をいじられる。

すると全身が痺れて、挿入の気持ちよさがさらにふくらんでいく。

（だめ……こんな男で……感じては……こんなヘンタイに……）

しかし、いくら心の中で繰り返しても、肉体の反応はどうにもならない。

グイグイと押し入れられて、たちまち瀬戸際まで昇りつめさせられた。これほどの快楽は、夫との営みで感じたことはない。

「あああっ……はあああん……あうう、いゃぁ……いやああ！」

大きくのけぞったときだった。

子宮が疼き、熱いわななきが全身を駆け抜けた。

（い、イクッ……イクゥ……！）

拘束された両手に白いブラウスとジャケットを巻き、タイトミニを腰までまくられた恥ずかしい格好で、沙希はつんのめったまま汗ばんだ裸身を震わせる。

「あああっ、イクッ……イッちゃううう！」

気持ちよすぎて、どうにもならなかった。

「おおう、すごい締まるっ……くうう……た、たまんないっ……で、出るっ」

背後からバックでえぐる男の声を聞き、沙希はハッとした。

「だ、だめっ……中は……いやあああっ……」

それでも、亮太はごりごりと子宮を削ってくる。

激しく揺さぶられて、おっぱいはちぎれんばかりに揺れ弾み、こめかみを畳にこすりつけ、沙希はいやだと言いつつ、ヒップを揺すっておねだりする。

「いやだって言っても……子宮が欲しがってるよ、沙希ちゃん」

「ああんっ……うそ、うそよっ！」

そう言いつつも、全身に巡る愉悦は自分の意志ではどうにもできず、押し寄せるアクメの余韻の前には、中出しの恐怖も薄まっていく。

「ああっ……イクゥゥ……！」

両手を縛られて膝立ちのまま、沙希はガクッ、ガクッと大きく腰を震わせる。

「あっ……こっちももうだめだ。出るっ……出るよっ」

熱湯のようなどろっとしたものが、身体の奥にじんわりと染みていく。

（ああ……な、中に……出され……）

もう沙希は悲鳴をあげることもできなくなり、ただただエクスタシーの余韻に下腹をうねらせる。

母のくぐもった悲鳴が聞こえてくるのは、幻聴なんだろうか……。

5

(ああ……沙希……)

彩花は目の前の凄惨な光景に、目頭を熱くさせていた。

(ゆ、許して……沙希っ……。えっ?　ああっ、また……アソコの玩具が動いてきて……いやぁぁぁ……)

「ンンッ……ンウウッ!」

口に咥えさせられたボールの小さな穴から、ヨダレが垂れるのも構わずに、彩花はくぐもった悲鳴を漏らす。

(アア……アアアッ……)

ブーンという低いモーター音を奏でながら、敏感な媚肉にじっとりと刺激を与えられ続け、彩花はもう汗まみれだ。

両手は後ろにまわされて、椅子の背もたれに細い紐で括りつけられている。

両脚は大きく開かされ、椅子の手すりにベルトで固定されている。

フレアスカートは腰までまくれて、白いパンティが丸見えにされている。ブラウスも前を開けられ、ブラジャーに包まれたゆたかな乳房が露出している。

（くううう……）

そんな恥ずかしい格好で放置されているのに、小さなおもちゃで愉悦を与え続けられて、逃げる気力が失われていた。

「……娘が抱かれるのを見て、興奮しちゃったんですか、奥様」

沙希を畳の上に寝かせた亮太が、近づいてきた。

「ウウ……ウウッ……」

彩花はキッと亮太を睨みつけるのだが、すぐに膣奥のローターの甘い刺激に悩ましい表情を見せてしまう。

「なにを話したいのかな？」

亮太は彩花の後頭部に手をまわし、ゴムボールに続くベルトを外して、口からボールを吐かせてやる。

「んはあっ……ハアハア……アアンっ……ひ、卑怯ものっ……私だけじゃなくて、娘まで」

「言ったじゃないですか。僕はふたりを自分のものにするって。ああ、奥様、白いパンティにシミが浮いてますよ」

言われて彩花はカアッと顔を熱くする。

「……ち、違うわっ、これは……」

「じゃあ見てみましょうか？」

亮太はM字開脚した彩花のパンティに手をかける。

「いやっ！　やめてっ、やめなさいっ……」

彩花が悲鳴をあげるのもかまわず、亮太はパンティを手で切り引き裂いて脱がし、右の足首にからませた。

「おやあ？」

亮太は彩花の脚の間にしゃがむと、おもむろに膣に指を入れた。

「はあああん！」

彩花は切れ長の両目を見開き、顎を跳ねあげた。

腰がビクッ、ビクッと震え、爪先がキュッと丸まっていく。

ぬるっとしたものが膣奥から抜かれて、彩花はハアアア、とため息に似た切ない声を漏らしてしまう。

「フフッ、ローターが抜かれて寂しそうですねえ……しかしこれは……すごい濡れっぷりだ」

亮太はローターを手に持ち、眼前に近づけてくる。

ピンクのローターは、まるで蜂蜜の瓶の中に漬けていたようにドロドロで、生臭い匂いを発している。

「いやっ！」

思わず彩花が顔をそむける。

「ローターを入れただけで、ここまでぐっしょりなんてありませんよ。やっぱり娘を見て、興奮したんでしょう？」

「そ、そんな……そんなわけないわっ……」

彩花はぐったりしている沙希を見た。

沙希がハアハアと、荒い息をこぼしながら口を開いた。

「そんなおもちゃでママのことを……ママは、私で興奮なんかしないわ……」

「そうかなあ」

亮太は言いながら、自分の竿を握りはじめている。

（ああっ……）

みるみるうちに硬く、勃っていく剛直に彩花は目を奪われた。

「……こんなにぐしょ濡れのおま×こを見せつけられたら、一度出してもすぐ勃起しちゃいますよ」

亮太は彩花の開かれた脚の間に立ち、肉棒を握って彩花の蘇芳色のヴァギナに押しつけた。

「やっ……ああっ……だ、だめっ……お、お願いっ……せめて娘の前ではっ」

彩花が哀願する。

床に突っ伏している沙希は、

「ひ、卑怯者……わ、私が代わりになれば……ママに手を出さないって」

と叫ぶも、もう身体が言うことをきかないようだ。

そもそも後ろ手に手錠を嵌められて、バランスを取ることも難しいのだ。

「い、いやっ……やめて……ああ、よして」

亮太はM字に固定され開脚した彩花の膝を持ち、ぬらぬら光る粘膜に押しつけて、ググッと腰を入れる。

「いやっ、許して……ああんっ……」

ヌプッと音がして、亀頭がゆっくりと沈み込んでくる。

「あ、あんっ……」

彩花は切ない声を漏らし、顎を跳ねあげる。

（ああ、はしたない声を……）

望まぬ挿入なのに、彩花は待ち望んだような甘い声を漏らしてしまい、激しく首を振った。

「ふたりとも、ずっと僕のものになるんですよ。ああっ、キツいや……たまんないな……」

亮太は二度目の余裕なのか、じわりじわりと奥をえぐるように、突き入れたまま腰をまわしてくる。

「ううっ……ああっ……あああんっ……よ、よしてっ……あ、あっ……ああっ……いやああんっ」

子宮がこすられる。

気が遠くなるほど気持ちよかった。

スカートやブラウスをはだけられた半裸のまま、M字開脚で椅子に拘束されているというみじめな格好なのに、感じてしまうのが口惜しくてたまらない。

「ママ、ママ……」

畳の上で、まだ手錠を嵌められている沙希が、母である彩花の痴態を見てつらそうな表情を見せていた。

（ああ……沙希っ……ごめんなさい……）

つらくて苦しいのに、甘い陶酔から逃れることができない。

「ああんっ、ああんっ……沙希……ああ、ママを許してっ……ああんっ」

彩花は沙希から視線を外して、顔をそむけた。

もうまともに娘の顔を見ることができない。

「いいんですよ、たっぷり感じて。僕は大好きだったんだ。うれしいですよ、奥様っ……沙希ちゃんも……ふたりとも好きなんですよ。ああ……夢見心地だ。一生面倒をみてあげますよ」

汗まみれの亮太が真っ直ぐに見つめてきた。

（一生なんてうそばっかり……嫌いよ、大嫌いっ）

そう思うのだが、なぜか身体の奥が熱くなり、彩花は亮太に身を任せたくなるのを禁じ得なかった。

第四章　スーツで、半裸で

1

「うんっ……んうんっ……」

社長秘書の美咲は、亮太の足元にしゃがみ、口での奉仕を続けていた。

亮太は社長室で革張りのチェアに座ったまま、ズボンとボクサーパンチを下ろしたスーツ姿だ。

美咲は眼鏡をつけ、カチッとしたジャケットに、かなりきわどい短さのタイトミニスカートを穿くように命令されていた。

三十二歳で、座るとパンティが見えてしまうほどのミニを穿くのは恥ずかしくてたまらなかった。

今も上から見下ろす亮太の視線には、タイトミニからのぞく白いデルタゾーンをとらえているのだろう。先ほどからちらちらと、太ももの付け根部分を見られている。

(ああ……白いパンティも、彩花さんの好みなのね……絶対に白を穿くように言われているから……)

自分は、社長の亮太の憧れている女社長の身代わりだ。

昔から容姿を褒められ、男から告白の手紙やメールも数えられないくらいもらったのに、亮太の前ではただの性の人形だ。それが口惜しくてならなかった。

「美咲ちゃん、ああ……気持ちいいよ……」

亮太の肉棒が口の中でピクピクと脈動する。

「んん……んん……」

夫のものを口で愛撫したことがあるので、この強いホルモン臭や塩っぽい味も経験済みだ。

だが、太さや硬さは亮太の方が大きくて、咥えると顎が痛くなる。

(今日は私のこと……名前で呼ぶのね……)

先ほどから気になっていたのは、亮太の呼び方だった。

普段、こうして奉仕させられているときは、彩花になりきるように命じられ、奥様、という呼び方をされる。

(どうして……今日は……)

不安に思ったが、身代わりより遥かにマシだ。

美咲は大胆に舌を使い、ねっとりと肉傘の裏側を舐めてやる。

「おお、そ、そこ……」

気持ちよかったのだろう。

椅子に座ったまま、亮太の腰がビクッと震えるのと同時に、肉竿がググッと持ちあがり、舌を押しあげてくる。

(ああんっ……いやあっ……)

夫以外の男のモノを、気持ちよくさせていることに嫌悪が湧く。

夫は、口でされるのをあまり好まないし、性的な行為を求めてくることも少なかった。

だから、これほどねっとりしたフェラチオを夫にしたことはない。

(夫だけじゃない……今までつきあったことのある人にも、こんな恥ずかしいおしゃぶりをしたことなんかない……）

「ああ、美咲ちゃん……もっと奥まで、咥えて……」

亮太が呻くように言うと、美咲の後頭部を持ってグッと前に押してくる。

「あふっ……ンンンッ……」

口に杭を打ち込まれたようになり、美咲は目を白黒させて、亮太の太ももを叩いた。

喉が塞がり、息苦しくなる。

「ンンッ……あふんっ……ンンッ……」

それでも懸命に顔を前後に打ち振ると、亮太が「くうう」とのけぞったのが、上目遣いに見えた。

（あんなに震えて……気持ちいいのね……）

いやなことは間違いない。

なのに美咲は自分でもわからず、自ら喉奥に誘うように亮太のペニスを深く呑み込み、セミロングの艶髪やブラウス越しの乳房を弾ませ、情熱的におしゃぶりを続けてしまう。

「眼鏡の似合う有能な美人秘書が、ひざまずいておしゃぶりしているなんて……

最高だよっ……」

美咲は切れ長の目を、亮太に向ける。

まるでハーフのようなエキゾチックな顔立ちと言われ、美人だ、キレイだと言われて、ちやほやとされてきた。

(そんな私が……オフィスで、こんなみじめなことを……それなのに……)

震えるほどの恥辱なのに、身体の奥が熱くなっていく。

(だめっ……そんなの……だめっ……)

だが、血管が浮き出るほど逞しいモノを舐めていると、下腹部がジーンとなっていくのをとめられない。

その疼きは媚肉に伝わり、触られてもいないのに濡れていくのを感じる。

「気持ちいいよ……もっと舌を使って……」

亮太は舌を使わせようとしたのだろう。美咲の頭をつかんで口からペニスを外させた。

「アアン……」

思わず漏らした声は、あまりにも媚びたものであった。

(いやっ、こんな声……)

美咲は思わず身体をよじらせる。

亮太の顔を見られなかった。ニヤニヤと笑っているに違いない。

顔が赤くなっていく。恥ずかしくて目を伏せたまま、逞しい肉棒に舌を這わせていく。

(お願い、おさまって……)

恥ずかしいのに、身体が熱くなって仕方がない。

気がつけば勃起の根元を右手でゆるゆるとシゴキながら、裏側やカリ首の敏感な部分に、ねろりねろりと舌を這わせ、さらには、じゅぽっ、じゅぽっと卑猥な音を立てて激しくおしゃぶりしてしまう。

「くうう……ああ、出そうだ……」

いよいよ亮太の腰がガクガクと震えてくる。

先端から粘っこい液が漏れて、美咲の口中を汚していく。

塩っぽいカウパー液だ。興奮しているのだ。

(ああ……だめっ……)

口の中に出されてしまう。

逃げたいのに身体が震え、しかも追い立てるように自分から唇を窄めて、ペニスの表皮を刺激してしまう。

「くうう……おおっ、美咲ちゃんっ……出るっ」

「ンンッ……ううううんっ……！」

亀頭が喉の近くにあったので、粘っこい精液が喉に直接当たってくる。

苦しくて、美咲は噎せてしまった。

（ああっ……すごい臭い……苦くてっ、喉にくっついちゃう……）

それでも口中に放たれた瞬間に、秘裂の奥が熱く疼き、もどかしそうに踵の上に乗せた尻を、左右にくねくねと振ってしまう。

（あっ……どうしてっ……でも、だめっ……パンティ濡れちゃう……）

じわっと奥から蜜がこぼれる感覚があり、美咲はパンティのシミを見られたくないと、タイトミニの裾をつかんで、キュッとズリ下げた。

「ふうっ……」

亮太が気持ちよさそうに、大きく息を吐いた。

長い射精が終わり、ずるりと口から男性器が抜かれる。

美咲は口元からハミ出たザーメンをハンカチで拭い、まだ震える脚でなんとか立ちあがった。

「気持ちよかったよ、美咲ちゃん。ごめんね、いろいろ……もうしないから」

亮太はスーツのズボンを直しながら、予想外のことを口にした。

「え……？」

美咲が驚いて見つめると、亮太はすまなそうに頭を下げた。

「似てるからって……いろいろさせて、ホントにすまないと思ってる」

「そんな、そんないまさら……私はあなたのこと……！」

美咲が叫ぶと、亮太は「え？」という顔をした。

恥ずかしくなって、美咲は「失礼します」と言い残し、足早に社長室を出る。

（どうして、私……あんなことを……）

ようやく性奴隷から解放されたというのに、心の中がもやもやする。

口の中の亮太の残滓《ざんし》が、今までよりもさらに苦み走ったいやなものに変わっていくのだった。

2

「やはり、株を買われているのね？」

フィーチャークロスの社長室。

彩花は電話で、経営企画室課長の山下から情報を聞いていた。

山下は娘の沙希の部下で、沙希より年上ではあるが、夫の代から信頼できる男だった。

『ええ。市場に出まわっている分だけで、たいしたことはないんですが……でもユニバーサルフラップ……前田の会社は確実に動いてます』

株の売買が目立つと聞いて、調べて見たら案の定だった。

（やっぱり乗っ取りなの？　あの子は……）

社長室の全面ガラスは、ブラインドが降りている。

向こうには、たくさんの社員が働いている。

沙希や自分のことを疎ましいと思っている人間もいるだろう。だがそれ以上に亡き夫のためにと、この会社のために働いてくれている人間も多くいる。

（この会社は絶対に私が守るから……）

「ありがとう。また動きがあったら、教えて」

彩花は外線を切った。

いまから社外取締役として、亮太が来る予定になっていた。

（忙しいでしょうに、昼間から来るなんて……また私をオフィスで辱めるつもりなのね……）

ハア、と大きなため息をついたときだった。

コンコンとノックされて、彩花はドキッとして身体を熱くさせる。

「……どうぞ、入って」

「失礼します」

ニヤニヤしながら亮太が入ってくる。

ジャケットにチノーズパンツというカジュアルな格好だった。たしか、フィーチャークロスで働いていたときも、こんな格好をしていたはずだ。久しぶりにスーツ姿以外の格好を見て、少しだけ懐かしいと思う。

（やっぱり若いわ……こんな子に私は二度も逞しいものを入れられ……中に出されて、エクスタシーを感じて……）

おかしな気分を振り払うように、彩花は座ったまま、切れ長の目で亮太を睨みつける。

彼は社長室に入ると、勝手にソファに深く腰かけた。

「おや……顔が赤いですよ。どうかしましたか？」

彩花はハッとして狼狽えた。

「赤くなんかないわ。気分が優れないだけ。あなたに会うことが苦痛なの。わかってるの？　あなたは娘を恥ずかしめたのよ、よくも堂々と……」

怒りをにじませつつも、どうにも彼のニヤついた顔を見ていると、なんだか火照りがひどくなっていく。

心の動揺を見透かすように、亮太が言い訳を口にする。

「奥様。あれは……沙希ちゃんも同意したことですよ」

「同意なんて……ふざけないで。私と会社を担保にして、でしょう」

「それでも、同意は同意です。さあ、脱いでください」

何気なしにさらりと言われて、彩花は目を大きく見開いた。

「な、なにを……」

「なにをって、もう何度も僕の前でヌードを披露してるじゃないですか。あー、でも、今日のグレーのスーツも女社長って感じでよく似合ってますね。もったいないな。着せたままにしましょうか？」

また就業時間中に嬲られる……。

彩花は首を振った。

（なし崩しはいけない。せめて、この子のホントの目的を探り出さないと）

「……それよりも……株のことを訊きたいわ。どういうことかしら」

亮太は意外そうな顔をする。

「もうご存じだったんですか。早いなあ」

「調べればわかるわよ。あなたのホントの目的はなんなの？　ホントにウチの会社を、乗っ取るつもりなの？」

真面目な顔で訊くも、亮太はフフッと笑ったままだった。

「ちゃんと理由があるんですよ。この前、沙希ちゃんから聞きました。新しい検索エンジン用のシステムをつくったって。それが気になって」

亮太は続ける。

「ねえ、奥様。仮にM&Aが成功しても、この会社はそのままにします。フィーチャークロスの名前も変えず、トップは奥様のまま。肩書きは変わりますけど、やってることは変わりません。僕の会社の中では奥様は役員待遇です」

甘い言葉。

彩花は訝しんだ顔をすると、亮太は笑った。

「というのは建前かなあ。本音は、奥様と沙希ちゃんをずっと僕のそばに置いておきたい、ってことかな」

「……どうして……どうしてそこまで私に固執するの？　いくらあなたにつらく当たったからって……もう何度も抱いているからわかるでしょう？　私は四十五歳のおばさんなの。沙希はともかく、私の身体を好きなようにしたって、おもしろくもなんともないでしょう？」

必死に哀願する。

身体を奪われる以上にいやだと思うのは、この男に抱かれて自分が感じてしまうことだった。

亡き夫への愛も未練も変わらない。

それなのに恥ずかしいまでに濡れて、甘い声でよがり、腰をビクンビクンとうねらせてしまうのが、みじめでつらかった。

「まだそんなことを……僕は、あなたが好きなんです」

「……好きなら、普通はこんな強引なことをしないでしょう？」

「こうでもしないと、旦那さんから奪えないでしょう？　まだ奥様の中には前社長がいるんですから。さあ、僕の言うとおりに服を脱いでください。拒否するなら、この会社はつぶします」

亮太の非情な宣告。

彩花は切れ長の目を見開き、不安げに亮太を見つめた。

「どうすればいいのよ……？」

「そうだな……机の上に乗ってください。今日はじっくりと奥様の身体を隅々まで見て楽しむ腹づもりだったんですから」

「つ、机……この上に……？」

「そうです。そうして色っぽくボタンを外して、ブラウスの前を開くんです。スーツは着たままでいいですから」

「……わ、わかったわよ……」

彩花は大きく息を吐き、ジャケットを着たままで白いブラウスのボタンに指をかける。

汗ばんだデコルテに続けて、胸元をさらしていく。

（やだっ……そんなにじっと見ないで……）

なんど裸を見られても、慣れるなんてことはない。

（あっ……私……今日の下着……）

途中までボタンを外して、彩花はハッとした。

「どうしました？」

亮太が眉をひそめて見つめてくる。

「なんでもないわ……」

彩花はカアッと顔を赤らめ、すべてのボタンを外して、前を開いた。

（あ……ああ……）

ブラジャーに包まれたゆたかなふくらみが、露わになる。

途中で躊躇したのは、普段使いの下着を身につけてきたことに気づいたからだった。

ベージュのブラジャーはフルカップで、見せることをまったく意識しない実用的なデザインのものだ。

「あれ……今日はいつもの高級そうな下着じゃないんですね。スーパーの日用品売り場で売ってるような……。ああ、いいな……男に見せるつもりのない下着って、逆にエロいな……じゃあ次はパンストとパンティを脱いでください。スカートはそのままでいいですから」

（ああ……いやっ……）

早口で言うと、亮太は舌舐めずりをして、じっくりと見つめてくる。

身体が熱くなって、鼓動が速くなる。

(別にこの子にいつもの下着を見られても、いいじゃない……)

なのに、いざスカートの中に手を入れると、躊躇してしまう。

「うう……」

と、彩花は普段使いのパンティを見られることに、躊躇してしまう。

(ああ……でも……やるしか……)

彩花は思いきって、パンストとパンティを膝までズリ下ろした。

「パンティとパンストを脱いで、こっちに渡してください」

「……!」

奥歯を嚙みしめて睨みつけるも、亮太は余裕綽々だった。

彩花はあきらめてパンプスを脱ぎ、爪先からパンティとストッキングを抜き取って、おずおずと亮太の前に差し出す。

「フフッ……従順なのはいいですねえ。ああ、これが四十五歳の美熟女のいつものパンティか」

亮太はパンティを手に取って、鼻先にクロッチの部分を近づけた。

「い、いやぁぁ!　なにをするのっ」

奪い返そうとすると、亮太がさっと後ろに避けた。

「ああ、奥様のおま×この匂い……うーん、生臭くてちょっと汗っぽくて……うっすら小水の匂いもするような……」

「す、するわけないわっ……ひどいっ……返して」

手を伸ばすも、亮太は丸まったパンティを、自分のズボンのポケットに無造作につっ込んだ。

「次はブラジャーですけど……服を着たままうまく脱げるかな？　ああ、女子が昔、体育のときにやってた要領なら脱げますね」

たしかに中学生のときに、恥ずかしいからと服を着たままブラを外していた。

彩花は何十年ぶりに、そのやり方で器用にブラジャーを抜いて、亮太に手渡す。

「胸は隠さないでくださいよ」

言われて、彩花は胸の前から手を下ろした。

とたんに大きく盛りあがったふたつのふくらみが、たゆんと揺れる。

「いつ見ても、すごいおっぱいですね。グラマーだなあ。たまんないですよ。さあ、そのままデスクに座って」

彩花はグレーのスーツを着て、胸をはだけたままデスクに腰掛けた。

あのブラインドの向こうで、社員が働いていると思うと、また心臓の鼓動が速まって身体が火照ってくる。

「……デスクに座らせて……なにをしようというのよ……？」

「フフッ、観察すると言ったでしょう。おやっ……もう乳首が尖ってきて……なんだ、もう興奮してるんですか」

「し、してなんか……いるわけないでしょう」

小さな声で抗い、両手をだらりと垂らしたまま、彩花は顔をこれ以上無理と言うほどそむけて目をつぶる。

「四十五歳で、この張りのあるおっぱいは奇跡だな。ん……？　なんだか今日は一段といやらしいなあ。男に久しぶりに揉まれたからかな」

右手が伸びてきて、乳房を揉まれる。

「あっ……」

彩花はぴくっと震えた。

今までは欲望のままに乱暴に揉まれてきたのに、今はおっぱいの柔らかさや張りを確かめるように、乳肉に優しく指を食い込ませてくる。

そのソフトタッチに驚いて、彩花は反応してしまった。

「さらに感じやすい身体になりましたね、奥様」

両手でバストをやわやわと揉まれた。

「んんっ……感じてなんか……あっ、ああ……」

否定しようとするのに、自然と甘い声が漏れてしまう。

(ああ……だめなのに……)

早くも瞳が潤んできた。

切れ長の目を細め、うるうるしながら流し目で見つめてしまう。

亮太がニヤついた。

「奥様の感じてきた顔、色っぽくてたまらないな。おっぱいも、とろけるような柔らかさで……」

そう言うと、両手でたぷたぷと、形をひしゃげたり重みで遊んだりしながら、亮太はFカップの巨大なバストに顔を埋めてきた。

「ん……んぅっ……」

思わず、彩花は腰をくねらせる。

(赤ちゃんみたい……この子は、そうね……奔放で子どもみたいだわ)

だめだと思うのに、母性的な気持ちがあふれてくる。

「むうう……すごいっ……」

亮太は谷間に顔を埋めながら、手を伸ばして乳首をつまんでくる。

「んぅぅぅ！　亮太くんっ、そこはっ……はんッ」

電流のようなものが走り、思わず憎い相手の名を呼んでしまう。

さらに乳首にしゃぶりつかれ、ねろねろと舐められると、彩花はいっそう激しく身悶えし、今にも泣き出しそうな顔を見せてしまう。

（いつものデスクの上で……辱められているというのに……）

下を見れば、自分の乳首が男のツバでべとべとに濡れている。

「……ああん、い、いやああ……」

夫以外の男に、身体を舐められるのは汚辱だった。

それなのに、キュッと乳首をつままれたり、舌で転がされたりするたびに「あんっ」と甘く媚びるような女の音色を漏らし、スカートの下はノーパンといういやらしい格好で、腰をくねらせてしまうのだ。

「う、ううんっ……ああんっ……」

身体はのけぞり、ハアハアと息があがり、いよいよ湿った声が漏れてきた。

「エロい声が出てきましたよ。ホントに感じやすいなあ」

亮太が興奮しながら、キュッ、キュッと乳首をつまんでいく。

「あっ……だめっ……そこは……」

(こんなに嫌なのに……どうしてっ……)

みっともないが、彼の指や舌が触れるたびに、強烈な疼きが身体の中を突き抜けて、どうにもならなくなっていく。

(ああんっ……まただわ……)

いやなのに、つらいのに……なぜか花弁の奥が、ジクジクと疼いてしまう。

亮太は薄笑いを浮かべて、さらに彩花を辱めにかかる。

「次は下ですね。フフッ、じゃあ、デスクの上に乗って脚を広げてください。この前と同じM字開脚ですよ」

亮太の恐ろしい要求に、彩花は表情を強張らせた。

「そ、そんなこと……できるわけないわ。恥ずかしいっ」

自分からミニスカートの脚を開くなど、考えただけでも卒倒しそうだ。

「見たいんですよ。奥様。じゃあ無理矢理、広げますよ」

亮太の目がいやらしく光る。

「さあ、やってください。見たいんですよ。奥様が自分からおま×こをさらすのを。そうでなければ、この会社には……」

「ま、待って」

彩花は唇を噛みしめた。

「ああっ……」

彩花はデスクの上で体育座りしながら、顔をそむけ、亮太の目の前でゆっくりと脚を開いていく。

(たえるのよ……会社を守るためなの……)

膝を立てていくと、タイトスカートがズレあがる。

腰は細いのに、ヒップから太ももにかけてのボリュームは充実していて、熟女らしい脂の乗り方だ。そのムチムチした太ももから下腹部への猥褻な部分が、男の目にさらされていく。

「……すごいな……」

亮太がぽつりつぶやいた。

じっくりと中を見られていると思うと、恥ずかしさで脚が震える。

(ああ……)

ため息が漏れた。

「もっとですよ。もっと、ぎりぎりまで開いてください」

言われて、おずおずと脚を開いていく。

先日は無理矢理開かされて、拘束された。今回は自分から足を開く……恥ずかしさが段違いだ。

それでもなんとか足を開くと、亮太が「おお……」と感嘆し、剝き出しになった脚の付け根に顔を近づけてきた。

「いやっ……」

あまりの恥辱に膝がガクガクと震えて、意識が遠くなっていく。

汗がにじみ、甘酸っぱい匂いが身体を包み込んでいく。

「フフ、もう濡れているじゃないですか」

亮太の言葉に、彩花は身体を震わせる。

「ち、違うわ」

それだけ言うのが精一杯だった。

先ほどからジクジクして、中から熱いものがとろけ出しているのが、わかったからだった。

「でも、よく見えないな。奥様、自分の指でおま×こを開いてください」

「なっ……」

彩花のうつむき加減だった美貌が、真っ赤に染まった。

「そ、そんな……こんなおばさんに、なにをさせるのよ……」

「奥様の恥ずかしがる顔が可愛いからですよ。早く」

急かされて、彩花はキュッと目をつむりながら、震える右手の指を自分のラヴィアにもっていく。

人差し指と中指で、逆V字を使ってワレ目をくつろがせた。

「あああ……」

指が肉土手を大きく開いている。

中の果肉に外気が触れる。

縦筋はすでにしっとりと潤んでいて、なにかを求めるように収縮していた。

気恥ずかしさに全身が熱く滾っていく。

「ああっ、お願い……許してっ……」

好きでもない男に、恥部を自分からさらして見せるなど、気が触れてしまいそうだった。

「だめですよ。ああっ、すごいな……奥までばっちり見えてますよ。うわっ……

ぐっしょり」

「ああんっ……観察しないでっ……ううっ……」

彩花はハアハアと熱い息をこぼした。

もう前など向いていられない。彩花は顔をそむけて、つらそうに眉根をハの字にして、熱い吐息を漏らしている。

「フフッ……ぬるぬるした液が垂れてきましたよ。本気汁じゃないかな」

開ききった脚の間に、男の顔が近づいてくる。

3

「な、なに……なにをする気……」

亮太は彩花のムッチリした太ももをつかんで、開かせながら、膣口に舌を這わせていく。

「あっ、あくぅん……」

上目遣いに見れば、熟女の美貌が跳ねあがった。

「フフッ。色っぽい声が出てきましたね。オフィスでヤルのが、くせになってきたんじゃないですか？」

「そ、そんなわけ……あ、あんっ……」

ねろねろと舌先でくすぐれば、塩っぽい愛液があふれてきて、ますます彩花の腰の震えが大きくなっていく。

彩花はもう花びらを指で押さえることもできなくなり、両手をデスクにつけながら、スーツを着たままの身体をのけぞらせる。

凄艶たる美貌はもう泣きそうで、ボブヘアは汗で頬にへばりついて凄艶だ。

（これでホントに四十五歳なのか……信じられないな……）

おま×こはたしかに使い込んでいるが、感じている顔は四十路を越えていると は思えぬ若々しさだ。

（ああ、ずっと僕のものにしたい……）

二十近くも年上で、母親的な母性を感じるが、恥ずかしがり方は少女のようだ。

しかも、最初に抱いたときよりも、ぐーんと反応が色っぽくなっている。年上の熟女の身体を開発していると思えば、興奮もひとしおだった。

亮太は花びらを指で押し広げた。

「んっ……！」

生殖器に触れられて、彩花は甘い声を漏らす。

「ああっ……い、いじらないで……」

かすれ声の彩花はもう、泣きそうだ。

いつも働いているオフィスで、はしたなく脚を広げさせたまま女性器をいじられて、もうガマンできなくっている。

「フフッ、すごい濡れ方ですよっ」

亮太は熱いワレ目から舌を離し、指をぐっと差し込んだ。

「ああんっ……言わないでっ、くううう」

奥まで指を差し入れると、彩花はぶるっと腰を震わせた。

「すごいっ、中がどろどろですよ。指がやけどしちゃいそうだ」

ぬかるみはひどく、指を出し入れしていると手首まで愛液がしたたり落ちてくる。

「あふれてきますね。フフッ、もう欲しいんでしょう?」

亮太が告げると、未亡人はハアハアと熱い息をこぼして、うっすら開けた目ですがるように見つめてくる。

「ほ、欲しがってなんか……もう終わって……」

抗いを伝えてくるものの、様子はますます差し迫っている。

先ほどまで甘い臭いが漂っていたが、今は汗にまみれた淫靡な匂いを、スーツを着たままの半裸姿から発散させている。

以前から思っていたのだが、家でするよりも、誰かに見られているかも知れないオフィスの方が、彩花は濡れるようだった。

(スリルがたまんないのかな……沙希ちゃんもそうだけど、Sっぽいけどやっぱり**M**なんだな……しかもド**M**だ)

ブラインドを上げてやったら、どんな顔をするだろうか。

亮太はそんな妄想に興奮しながら、しっとり濡れた膣襞を指でこする。

「んっ、あ……あぅん……亮太くんっ。もう、もうっ……終わりにっ……ンンッ」

終わりにして、と言いかけたらしいが、脚は開いたままだ。

「これで終わりなんて……これからでしょう？　豆が、ふるふるしてますよ」

指先で小さな真珠を軽くつまむと、彩花は「あっ、あっ……」と背をのけぞらせて、喘ぎ声を漏らす。

「この小さな豆はなんですか？」

亮太がいじわるく言うと、彩花は真っ赤な顔をして、

「ううっ、ク、クリトリスよ。いじわるっ」

「奥様の感じるところですね」

「……ああん、知らないわ」

顔をそむける仕草が可愛らしい。

もっといじめたいと、亮太は小さな肉豆を指先で弾いた。

「んくぅっ！」

彩花は脚を開いたまま、腰をビクンと跳ねさせる。

「フフッ……感じるところでしょう？」

再び聞くと、彩花は顔をとろけさせて、こくんと小さく頷いた。

「そうよ、だから……あんまり触っちゃ、んぅ……だめっ……あぁっ！」

ビクン、ビクンと腰が震え、美熟女は成熟した肢体をくねらせる。

大きなおっぱいは悩ましいほどに、ぷるんっと揺れて、いまにも乳首はもげそ
うなほど尖りきっている。

「たまりませんよ、欲しいんでしょう？」

さらにクリトリスを指でいじれば、

「ふぅ、あっ、あっ……くぅ……ンンッ！」

デスクでM字開脚させたまま、彩花はうねうねとヒップを揺らしている。

「ああ、もうガマンできないや……」

亮太は夢中でズボンとブリーフを下ろして、彩花の腰を引きよせた。

デスクに乗せたまま、正常位で貫こうというのである。

「ああ……だめっ……ああン……」

抵抗する声は弱々しかった。

怒張を近づけても、彩花は暴れようとはしない。もう身体がいうことをきかないという感じだ。

「いきますよ……んっ……」

腰を押し込むと、十分に濡れきっていた媚肉が、ぬるっと挿入を受けいれた。

「あううう……！」

彩花は艶めいた声をオフィスに響かせ、大きくのけぞった。

「おおっ、すごい、締めつけてくる」

濡れきった媚肉と、根元をキュッと食いしめる心地よさに、亮太は早くも腰を使って馴染ませにかかる。

「あんっ……いやっ……ああんっ……ああっ……」

彩花はデスクの書類を手で払い、全身をくねらせて打ち込みに呼応する。最奥に突き入れるたび、大きく盛りあがった乳房が、ひしゃげるように揺れ弾み、デスクがギシギシと音を立てる。

「たまりませんよっ……」

ぬちゃ、ぬちゃと粘っこい音をさせながら腰を使いつつ、とろけきった美貌に顔を近づける。

「ううんっ……！」

するとだ。

とうとう彩花から亮太の唇にむしゃぶりつき、舌をぬるりと入れてきた。

（まさか……奥様から……っ！）

この瞬間に、長年憧れていた社長夫人を堕とした実感に震えた。

「ううんっ……ううんっ……」

ぬるぬると生き物のように動く彩花の舌先をとらえ、亮太も積極的に舌をからめていく。

（ああ……奥様のツバが甘い……上も下も……奥様を支配している……）

自分のものにしたという実感を味わいながら、いよいよ彩花を抱くと、彩花からも手を差し出してきて、ギュッと抱きついてきた。

少しずつではあるものの、彩花を自分のモノにしていく実感に、亮太は打ち震えるのだった。

4

会議五分前。

剝げたメイクを直した彩花は、会議室のドアを開ける。

すでにほとんどの役員が座っていた。

みなの顔をひととおり見渡し、彩花は顔を赤らめた。

(私は今、仕事中にセックスしていた……たとえ無理矢理だとしても……こうしてみんなが働いている中で私だけは……)

ちらりと左に目をやった。

亮太の代理の男が座っている。ずいぶん若い男だった。

亮太自身は役員会に出席しないで、打ち合わせがあるからと自分の会社に戻ってしまったのだ。

(ホントに私を犯すためだけに、ここに来たのね……)

椅子に座ると、ズキッと膣奥が疼く。

先ほどまで野太いモノで、奥までえぐられていた。

その感覚がまだ残っていて、彩花はタイトミニからのぞく太ももを、机の下でいやらしくよじり立たせる。

(ああ……私……さっきはとんでもないことを……)

社長室でめくるめく快楽を味わわされて、あろうことか「もっとして」と口走ってしまった。さらには自らキスをねだり、腰をくねらせて……。

(ああ……ごめんなさいっ……あなた……)

抱かれるたび、夫との記憶がそがれていくようだった。

哀しい心とは裏腹に、女として、強い牡である亮太にひかれていってしまっているのだろうか……。

(そんなわけない……私は……この会社を守るために)

というものの、もしかしてこれは単なる言い訳ではないだろうか……。

資料を開く。

会議に集中しようと思うのに、考えてしまうのは、逞しい男根を奥に入れられたときの得も言われぬ快感だけ……。

(一生、面倒見てあげますよ)

沙希とともに犯されたあとの、亮太の声がふと脳裏をよぎる。

あれは、どういうつもりで言ったのか……。

「そろそろはじめさせていただいて、よろしいでしょうか」

進行役の、財務部長の友部が口を開く。

重苦しい空気が場を支配する。

(だめよ……会議に集中するのよ。正念場なんだから……)

議題は亮太の会社、ユニバーサルフラップからの出資を正式に受けるかどうかである。

GGDグループからの出資は受けないと彩花が明言したから、この出資案件はすぐに通るだろう。

(そうなったら、私の身体は……いよいよあの子のものになるのね……)

大きくため息をついたときだった。

「議長」

ふいに常務の板東が手を上げて、立ちあがった。

「発言したいのですが、よろしいでしょうか？」

彩花は訝しんで、資料に目を落とした。

板東からの発言のことなど、会議資料には書かれていない。

彩花はまわりを見た。

しかし誰も彩花とは目を合わせず、ただ難しい顔をしている。

（えっ……なに？）

彩花は不穏な空気を感じた。

（どういうこと……？）

みなの様子がおかしい。

そんな中、板東が立ったまま頭を下げた。

「みなさまからの意義がないようなので勧めます。わがフィーチャークロスは先代社長の下、業績をあげて参りました。ところがです。先代社長が亡くなり、奥様の彩花様が社長になられてからは、業績は下がる一方……」

「ちょっと待って。それは、取り巻く環境にもよるでしょう。ＧＧＤグループの盗作、銀行の突然の解約……要因はいろいろあるわ。だから、この出資金で再び軌道に乗せるのよ」

　彩花は慌てて反論した。

（なんでいきなり、こんなこと）

　板東が彩花を嫌っていることは知っていた。

　だがまさか、役員会で堂々と糾弾してくるとは思わなくて、驚いた。

　彩花は続ける。

「それに新しい検索エンジンのシステム。あれができれば来期事業計画は……」

　板東は、まだ話している中の彩花を遮って、叫んだ。

「わたくしは、津島彩花社長、津島沙希取締役経営企画部部長、ふたりの解任をこの場で動議いたします。賛成の方はご起立ください」

「なんですって！」

　彩花は立ちあがり叫んだものの、役員たちはひどく冷静だった。

第五章　忠誠心の証し

1

「……クーデター？」

会社に戻ってきた亮太は、フィーチャークロスの役員会に出席していた橋本《はしもと》から電話で話を聞いて、驚いた声をあげた。

『はい。私と津島社長以外、取締役は全員賛成で。その場で津島社長と娘のふたりが解任されて、常務の板東が新代表に』

「そんなに詳しくないんだけど……あそこはたしか社長の彩花さんが株の六十パーセントを持っているオーナー企業でしょ。そんなことできるの？」

亮太は拙い知識で訊いてみた。

『それが……労基が入ってきまして……』

『え？　労基が……まあ、たしかにあの会社はブラックだからなあ……』

亮太もパワハラを受けたとき、労働基準局に駆け込もうと思った。

だが証拠をまるでとってなかったので、無理だと悟ったのだ。

仮にタイムカードや進捗表などがあれば、休みなく働いていることがバレてしまうだろう。

といっても、この業界、守っている会社の方が少ないのだが。

『このままいくと、株価が落ちて倒産の可能性もあります。どうやら再建にはGGDグループが名乗りをあげてるらしくて』

「GGDが……？」

『……おそらく板東たちとつるんでましたね』

橋本がさらっと見解を言った。

「乗っ取りかなあ」

亮太が訊く。

『乗っ取りでしょうねえ』

橋本はあっさり認めた。

『いやあ、噂には聞いてましたけど、GGDはえぐいっすねえ。会社の乗っ取りってこうやるんだなあって、勉強になりましたよ』

GGDは、強引な買収でのしあがった巨大グループである。

代表の榊に会ったこともあるが、ずる賢そうな男だった。

油断するとこちらの会社もやられてしまいそうなので、それからはあまり接点をもたないようにしたのである。

『危なかったですねえ。出資金が紙くずになるところでした』

電話の向こうで、橋本は安堵の声をあげる。

「あの……津島社長は？」

亮太は訊いてみた。

橋本は「えーと」と思い出している。

『おそらく顧問弁護士のところへ行ったんじゃないでしょうかね。でも相手がGGDじゃあ、勝ち目はないでしょう』

「……まあ、そうでしょうね」

亮太は電話を切った。

これからのことを考える。

今ウチの会社で所有しているフィーチャークロスの株は、三パーセント。

そのうちGGDが、高値で買うと言ってくるかもしれない。

（奥様や沙希ちゃんともども、いつかはフィーチャークロスも傘下にしようと思ってたのになあ……それもパアか）

フィーチャークロスで働いていたとき……亮太は精神的に病むほど、彩花に追い込まれた。

その彩花が命より大事にしていた会社を、乗っ取られたのだ。

亮太の中では復讐をとげたような気分になってもおかしくないのに、どうにももやもやが晴れなかった。

それは、彩花や沙希を自分のものにできなかった……それだけではないような気がする。

妙な喪失感が湧いたとき、内線電話が鳴った。

出てみると、受付の女の子からだった。

『社長。フィーチャークロス社の津島沙希様が、いらっしゃっておられますが……』

「えっ、沙希ちゃんが?」

亮太は慌てて口をつぐんだ。

2

忌み嫌う男の精液を注ぎ込まれた後……。

目の前で、母もあの男に犯された。

しかもだ。

中出しをせがむ台詞まで言うように強要された。

(まだママは、パパが死んだ悲しみさえ癒えていないのに……)

「ママにひどいことを……絶対にあの男を許さない」

亮太が帰ったあと、母から後ろ手の手錠を外してもらい、沙希は決意の言葉を口にした。

しかし、母の反応は思っていたものと違っていた。

「私は大丈夫だから……二度とあなたに手を出さないように、あの子には念を押しておくから……」

母が優しげな表情をして言った。

「ママ……」

沙希は驚いた。

あの凜として隙のない母が……仕事のときも「男なんか」という態度で、誰に対しても強気の姿勢を崩さない母が、ほとんど白旗とでも言うようなことを言うとは思わなかったのだ。

「そんな……ママがパパの会社を潰したくないのはわかってる。私だって、そうだもん。でも、ずっとこんなことでママを苦しめるなんて。絶対に、他の会社や銀行から、出資を受けることができるようにする。あの検索エンジンのシステムを公開すれば……」

「あれを完成させるために、もう少し時間と資金が必要なの。今はあの子が……」

そう言った母の顔を見た沙希はハッとなった。

母がにわかに顔を赤らめ、ハアッとため息をついたからだ。

長い睫毛を瞬かせて、切れ長の目を細める表情が、娘から見ても色っぽくてドキッとした。

（ママ、どうしてそんな顔をするのよ……）

口惜しいが、あの男は若いながらに女の扱いに慣れていた。

思い出したくもないが、夫では届かない場所まで愛撫されて、しかも感じるところを的確に突いてきた。

結果として、自分の指でしか味わったことのないエクスタシーを、初めて男から与えられてしまった。

（だめよ、こんなことを考えるのは……）

どうにか言いなりになることを防げないかと、考えていたときだった。

そんな中で、まさかのクーデター。

おそらく裏では、板東たちとＧＧＤが繋がっているのは間違いない。

そして。

母の憔悴ぶりは想像以上だった。

あの姿を見るのはつらい。

やはりＧＧＤグループに会社を渡すわけにはいかない。

沙希は考えた。

そんな巨大な企業に太刀打ちできるのは……いま売り出し中のユニバーサルフ

ラップ……。

つまりは、自分もあの男に頭を下げるしかない、という結論に達したのだった。

受付の女の子に案内され、沙希は亮太のいる社長室に入る。

（あっ、広い……）

社長室は窓際のデスクと、応接セットがあるだけのシンプルな部屋だが、かなりの広さがあった。

デスクにいた亮太は開口一番、

「まさかクーデターとはねえ」

と、残念そうな顔をした。

「あなたは私とママ、それにあの会社が欲しかったんですものね」

沙希はついつい挑発的なことを言ってしまう。

「まあね……でもまあ、奥様はあの会社を手放すことになった。復讐の半分は終わったみたいなものかな。奥様と沙希ちゃんが手に入らなくなったのは、残念だけど」

「私……あなたの奴隷になるわ」

「はい？」

亮太が訝しんだ声を出す。

「私だけじゃない……ママも……あなたのものになることはもう、承知していると思う。だから、私たちの会社を助けて」

亮太はデスクの椅子から立ちあがり、ソファに腰かけた。

沙希にも座るように言い、腕組みをして「うーん」と唸る。

「背後にいるのはＧＧＤグループでしょ？」

亮太が難しそうな顔をして、言う。

「よく知ってるわね」

沙希が返す。

亮太はフフッと笑った。

「経営には疎いけど、一応社長だからねえ。相手がＧＧＤとなると……株は全部こっちに譲渡してくれるなら、もしかして勝ち目はあるんじゃないかな」

「譲渡するわ。六十パーセント。それと私のおじさんが株を持ってるから、売るように言う。それで六十七パーセント。ここにある株と会わせて七十くらいでしょう？」

沙希は早口に言う。

「でも借り入れも相当あるでしょう。奥様の個人保証も……それも全部かあ……労基入ったから、株の値も相当下がるだろうし……」

「検索エンジンのシステムがあるわ。あれは相当な資産になると思う」

「うーん、まあたしかに……でもそれもあくまで予定であって」

亮太が煮え切らない態度で言う。

「お願い」

沙希は頭を下げていた。

「お願いします……なんでもするから……」

「なんでもかあ……」

沙希が頭を上げると、亮太はニヤつきながら立ちあがり、机から怪しげな器具のようなもの持ってきて、テーブルに置いた。

（な、なにこれ……）

恐ろしさに、身体が震えた。

黒いゴム製のパンティに、クリップのような器具。それに男性器をかたどった長細いプラスティック製のおもちゃである。

「こ、これは……」

沙希が怯えて言うと、亮太はニヤニヤ笑う。

「あとで説明するから、とりあえずスーツを脱いでもらおうか、沙希ちゃん。着てる物を脱いで気をつけだ」

うっ、と息がつまる。

しかし、沙希は頭を振った。

(たえるのよ……これくらいのこと……)

すっと立ちあがり、沙希はジャケットを脱ぐ。

躊躇しながらも白いキャミソールとタイトなミニスカートを落として、ライトグリーンのブラジャーとパンティだけの姿になり、胸を押し抱くように片腕で胸を隠して立つ。

「これでいいの？」

沙希は目を伏せ、かすれた声で言う。

ソファに座ったまま、亮太が目を輝かせる。

沙希は身体を震わせる。

(ああ、やはりあんなものを私に……いったいなにをする気なのよっ……)

クリッとした大きな目を不安に歪ませつつ、沙希は震える手を背中にまわしてブラのボックを外し、ブラジャーを腕から抜き去った。

ぷるんっと揺れ弾む乳房に、亮太がいやらしい視線をよこしてくる。

(くうっ……)

奥歯を嚙みしめながら、沙希はパンティの両サイドに指をかけて、静かに引き下ろしていく。

爪先から抜き取ると、沙希は左手で乳房のトップ、右手で下腹に手をやって、恥ずかしい部分を隠したまま亮太を見た。

「全部脱いだわ……これでいいんでしょう?」

亮太は、身体を舐めるように見つめてくる。

「ああ……しかし、やっぱりすごい身体だね。おっぱいも大きくて、腰はくびれて……」

「わ、私も弁護士事務所に行かなければならないの。早くしてよっ」

「ククッ、ご心配なく。すぐにすむよ」

亮太が黒いゴムパンティを持って近づいてくるのを見て、沙希は顔をひきつらせる。

「そ、それを穿けばいいの？」

「そう。勝ち気でアイドルみたいなお嬢様に、生ゴムのいやらしいパンティが似合うと思ってね、いや……」

そこで亮太は再びニヤッと笑った。

「いや……似合うような身体になってもらうのかな……。目がくりくりして可愛いし、グラマーで……しかも人妻らしい色っぽさもあるんだけど、もうちょっとママのようないやらしさが欲しいんだよね」

言われてカッとなった。

「マ、ママはいやらしくなんかないわっ」

「そうかなあ。この前……縛られたママの身体を見て、顔を赤くしてたじゃないか。あれは、ママの熟れた身体に反応したんだろう？」

「そんなわけないじゃない。早くして」

「……まあまあ、焦らないで。じゃあ、脚を上げて」

亮太が足下にしゃがみ込んできて、沙希は狼狽えた。

「じ、自分で穿けるわ」

「いやあ、ちょっと特殊なパンティでね。穿き方を教えてあげようかと思って」

その言葉に、ますます不安が募っていく。

「特殊って……いったいなに……」

「いいから。なんでもするって言ったよね」

亮太に念を押され、沙希はあきらめたように、片脚をゴムパンティのレッグホールに通した。

（ううっ……っ、冷たいっ……）

ゴムのキュッ、キュッという音と、ぴったりとヒップや女性器を包み込む感触が、ジクジクと熱い疼きを呼び覚ましてくる。

（い、いやらしい……こんなものを穿かせるなんて……）

さらに沙希を不安にさせたのは、パンティのクロッチに開けられた前後の丸い穴だった。

その意味はすぐにわかった。

亮太が男性器を模した張り型を手に取り、小瓶に入っていた透明な蜜のようなものを指ですくって、先端にまぶしはじめたのだ。

「待って……まさか、それを……」

沙希は半歩ほど、後ろに下がった。

「正解。ディルドって言うんだよ。これとゴムパンティでワンセット。さあ、こっちに来て」

亮太はしゃがんだまま、再び小瓶の粘性の蜜を手に取った。

「そ、それはなんなの……」

「潤滑油だよ。身体に害はないから。早く」

亮太はパンティの穴から、たっぷりと蜜を塗った人差し指を差し込んできて、花唇の奥に多めに塗りたくった。

（くうう……や、やめて……）

ゴムパンティの締めつけと、膣奥までゼリーのようなローションを塗りたくられる気色悪さに、沙希は脚をガクガク震わせる。

「こんなもんかな。じゃあ、次は……」

腰を持たれ、くるりと反転させられて亮太にヒップを晒す。

「あ、ま、まだ……何を……くうううう！」

沙希の美貌に戦慄が走った。

亮太のローションまみれの指が、アヌスにまで伸びてきたのだ。

「いやぁぁ！」

肛門に触れられるおぞましさに、沙希は身をよじった。

だが、亮太は沙希の腰をがっちり持つと、的確に排泄の穴をとらえてきた。

（ああ……あああ……）

亮太の指がぬぷぷとアヌスを貫いて、お尻の穴の中にローションを塗り込んできた。

「ひい……！　ああっ……いやあああ……」

指で腸管をこすられる恐ろしさに、沙希はガクガクと震え出した。

ようやく指が抜かれた。

と思った矢先に、硬いディルドがゆっくりとアヌスを貫いてきた。

「はううぅっ！」

冷たい異物感に、沙希は大きくのけぞって息を吐いた。

（くぅぅ……くううう……）

お尻から中心部までを、異物がえぐってくる。

「ああっ、沙希ちゃんの大きくてつるんとしたお尻には、アナルディルドがよく似合うなあ」

亮太は興奮気味に言いながら、さらに押し込んでくる。

根元まで押し入れると、パチンパチンと音がした。どうやらボタンでパンティにとめられるらしい。同様に前の穴も男性器を模したディルドをググッと押し入れられて、そのままボタンでとめられた。

「ハアッ……ハアッ……あああッ……」

ふたつの異物が、身体の奥まで入れられている。

全身が熱く、汗がにじみ出てくる。

少しでも動けば、プラスティックのゴツゴツした表面が膣襞や腸襞をこすり、今までに味わったことのない甘い刺激が込みあげてきて、足元がおぼつかなくなっていく。

「ああんっ……いやぁん……こんな、こんなの……」

沙希はソファの背をつかんで、全身を震わせる。

「これで終わりじゃないよ、沙希ちゃん」

背後から囁かれたと思ったら、後ろから堅いクリップで乳首をつままれた。

「はあっ！　ああんっ……」

乳首から甘い疼きが生じて、沙希はのけぞった。

「ククッ。思った通りだ。童顔の可愛らしい顔立ちと、黒のゴムパンティに乳首クリップ……そのギャップがいいなあ」

舐めまわしてくるような視線が気味悪かった。

だが隠そうとして少しでも動けば、ズキン、ズキンとお尻の穴と恥ずかしい穴の奥、そして乳首も熱く疼いてしまうのだ。

「も、もう……いいでしょう？　は、外させて……」

「なにを言ってるの？　今日は一日、これをつけて仕事をしてもらうんだよ。家に帰ってもだ。取ってあげるのは明日の昼くらいかな」

沙希は驚愕に目を見開いた。

「ふざけないで。できるわけない。こんなものをずっと乳房につけて、アソコとお尻の穴にも入れてるなんて……」

「服を着ればバレないさ。これはねえ、沙希ちゃんの忠誠心も試す、テストなんだよなあ」

奇妙なことを言われ、沙希は眉を曇らせる。

「忠誠心？」

「そうだよ。なんでもするって頭を下げたよね。その言葉がホントなのかどうか……僕も忙しいから、沙希ちゃんについてまわることはできない。誰も監視してないから、いないところで別に外してたって、バレやしない」

亮太が自信たっぷりに言う。

(どういうつもりなの……)

たしかに会うときにだけつけていれば、それですむ。

だが亮太の余裕っぷりが不気味だった。

もし外したら、なにかバレるような仕組みがあるのではないか?

「外していいのは、トイレのときだけ。シャワーやお風呂も入っちゃだめだ。寝るときもつけて寝るんだよ」

「そんな……」

埋め込まれた二本の張り型に、乳首につけられたクリップ……こんな短い時間に身につけただけでも、身体が熱く疼いてきてしまう。

(こんなものを一日中……絶対に慣れるわけないっ)

沙希が呆然としていると、亮太が背後からすり寄ってきた。

「おやあ……なんだか、ずいぶん……」

亮太が言いながら、ゴムパンティ越しのヒップを、ギュッとつかんできた。

「ああっ……！」

たったそれだけで、沙希は女の声を漏らし、身をくねらせる。

全身が過敏になっている。

「な、なにをするのっ」

肩越しに亮太を非難すると、彼はニヤッと笑った。

「いやあ、沙希ちゃんのヒップがなんだか触って欲しそうでね。ククッ、お尻が熱いねえ……もうゴムパンティが馴染んで、いやらしい身体になってきた」

「なるわけないわ……あっ……やめて……」

いやらしい手つきでヒップを撫でられると、花弁の奥がとろけそうなほど熱くなっていく。

（あっ……いやっ……）

そればかりか乳首が張り、クリップに挟まれる痛みと疼きが強くなる。

「なんだかいやらしい匂いがしてきたな……」

背後から抱きしめるようにしながら、亮太が首筋に舌を這わせてくる。

「くううう……」

いやなのに、強烈な快美が下腹部からせりあがってくる。

（も、もうやめて……）

しかし、亮太の舌は執拗に首筋や耳の後ろをなぞり、身体を抱きしめていた手が脇腹から、いよいよクリップを嵌められた乳房を握る。

「あ、あんッ」

乳首に指が触れただけで疼きが走り、沙希は眉をひそめて顔をのけぞらせた。

（だ、だめっ……）

いつの間にかゴムパンティを穿かせられた裸体は汗でぬめり、ピンク色に上気してしまっている。

沙希は唇を噛みしめて、パンプスの中の爪先に力を入れる。

「ククッ、やっぱり気に入ってもらえたんだね。反応がこの前とは全然違う」

背後から亮太が囁いてきた。

「こ、こんなもの入れられたら、誰だって」

「まったく反応しない子もいるし、ガマンできる子もいるんだよ」

そう言いながら、後ろから両手でたぷたぷと乳房を弄んでくる。

「くうう……」

まずい、と思って潤んだ目を綴じ合わせた。

そうしなければ愉悦に押し流れそうだ。

押し殺そうとしても、肉体が言うことをきかない。

ガマンしようにも、二本の張り型はまるでそれ自体が熱を持っているかのように、腸内と膣内で、ズキンズキンと規則正しく疼いている。

（ううう……）

汗ばんだゴムパンティの匂いと、キュッ、キュッと立てる音の卑猥さが、沙希をさらに翻弄させていく。

「もっと素直になったらいいのに」

背後から言われた瞬間、後ろから乳房をギュッとつかまれた。

「はうんっ……！」

痛烈な快美が、乳首の先から全身に広がり、思わずその場にしゃがみそうになってしまう。

まるで、全身が目覚めたような感度だった。

行き場のない快感が、腰から全身に広がっていく。

「あはんっ……ああっ……や、やめてっ……あううんっ……」

痛いほど握られると乳首が反応し、屹立した分だけ、クリップでの痛覚が増していく。

「いいんでしょ、沙希ちゃん」

「いいわけなんか……いやっ……」

しかし、搾り出すように両の乳房を揉みしだかれると、

「クウッ……はううんっ……」

たちまち込みあがる愉悦に、ため息交じりの甘い声を漏らしてしまう。

「そうそう、そういうセクシーな声で悶えて欲しいなあ。人妻らしい、いやらしい声を聞かせてよ」

言いながら亮太の指は、いよいよクリップに挟まれてひしゃげた乳首をとらえて、つまみあげてくる。

「はあっ！　あうううっ！」

沙希は目を見開き、ガクガクと腰を揺すった。

ゴムパンティの奥が熱く滾っていく。生え際から脂汗がにじみ、バストの先から電流が走った。

「ほうら、いいでしょ？」

亮太の指が、キュッ、キュッと乳首をいじる。

「だめっ、ああんっ、それだめぇぇ……」

「だめなんて……ほらっ、いい感じにいやらしくなってきた。キャビネットの鏡に沙希ちゃんが写ってるよ」

瞼の落ちかけた目で前を見た。

（あああ……）

黒いゴムパンティと、乳首クリップをつけられた自分の裸身は、自分の目で見てもいやらしかった。

特に乳首はクリップで赤く充血し、白い乳房とのコントラストがエロスを感じさせる。

（ああ……私の身体……こんなにも……）

童顔がいやで、大人っぽいメイクをしていた。

今はしかし、そんなメイクが必要ないほど、色っぽくきわどい表情になって、自分の姿を見つめている。

「ククッ、いい感じだよ。ママのようにいやらしい身体になってきた」

亮太の指にさらに力が込められる。

乳首を引っ張られて、ひねられると、

「はあああ……！」

頭の中が真っ白になって、腰がくねった。

ヒップを揺すれば、アヌスを貫く疑似ペニスが奥までをえぐるように、沙希の身体を愉悦で押し包んでいく。

「ハアッ……ハアッ……」

ハッと気がつけば、背後の亮太に裸体を預けていた。

「おっぱいでイクなんて、すごいなあ……素質があるよ」

うなだれていた沙希は、なんとか顔を上げて肩越しに亮太を見た。

「そんなっ……イッてないわ……」

「へええ、そうなんだ」

亮太は沙希の耳元で笑うと、右手を前にやって、膣穴をえぐっていたディルドを引き抜いた。

「はうんっ……」

沙希は太ももをにじり寄せ、ヒップを揺すった。

「ほうら、こんなに濡らして……」

亮太は黒いディルドを、沙希の眼前にちらつかせる。

ハッと見てから、沙希は顔をそむけた。

張り型の根元から先端まで、おびただしいほどの蜜にまみれていた。

「いい感じにとろけてきたよ」

亮太は沙希の耳たぶを甘噛みし、舌先を耳の穴に入れてくる。

「あああんっ」

沙希は甲高い声を漏らして、背中を弓のようにしならせた。

ムンムンと熟れた女の匂いが首筋から立ちのぼり、猥褻な発情の匂いと相俟って、いやらしい芳香を放っている。

「もうこれじゃなくて、本物が欲しいんだろう？」

亮太は引き抜いた疑似ペニスをまた膣穴に押し込んで、ゆっくりとストロークをしはじめる。

「はああんっ……あぁんっ……や、やめてっ……」

ぬちゃっ、ぬちゃ、と蜜の粘っこい音が聞こえてきて、再び頭が真っ白になっていく。

また女の悦びにとろけそうだ。口惜しくてならなかった。

だが、散々お尻の穴と前の穴をえぐられ続けた肉体は、燃えあがってどうにもできない。

（ああ……ああ……も、もう……）

身体の奥が切なくなっていた。

「はああんっ……ああん……」

いつしか啜り泣きにも似たため息を漏らし、ヒップを物欲しそうにくねらせてしまう。

（もうイキたい……逞しいもので奥をかき混ぜて欲しい）

そんな気持ちさえ宿ったときだった。

「よし……じゃあ、これを入れて……続きは明日だね」

そう言うと、亮太はディルドを再び沙希の膣内に埋め込んで、信じられないことに脱いだ服を手渡してくるのだった。

3

翌日の朝。

「ご、ごめんなさいっ……寝坊して……」

沙希がパジャマのまま慌ててダイニングに行くと、すでに夫はスーツに着替えて、パンと珈琲で簡単な朝食をとっていた。

「いや、大丈夫だよ。しかし顔色が悪いな……寝られなかったんじゃない？」

夫が心配そうな顔で声をかけてくれた。

「うん……でも朝方に少し寝たかな」

「会社のことだろう？　心配だな。お義母さんも大丈夫かな」

珈琲を口にしながら、夫は母のことも気にかけてくる。

「あとで会うから……今日も弁護士とずっとつめてるのよ」

「そうか……僕が言ってもしょうがないけど、身体をこわさないといいんだけどな」

夫の気遣いがうれしかった。

商社に勤める夫は、その優しい人柄が信頼を生むのだろう、営業成績はかなり優秀だ。

忙しい日々のはずなのに、家事も分担してやってくれている。

自分にはできすぎた人だと思う。

「沙希の分のパンも焼いたから、座って食べたら」

そう言って、彼が椅子を引いてくれる。

「あ、ありがとう……でも、今は食欲がないから、あとでいただくわね……」

「えっ……そうなんだ。無理するなよ」

夫はにこやかに微笑んだ。

（ああ……あなた、ごめんなさい……）

沙希は椅子には座らず、そのままキッチンに立った。

（あっ……はあああ……っ……！）

ずきっと膣奥が疼いて、思わず声をあげそうになるのを、沙希は必死にこらえた。

朝食を取らなかったのは、食欲がないせいではなかった。

座ると、アヌスに押し込まれた張り型がさらに奥まで入ってしまい、どうにかなってしまいそうだからだ。

昨日の仕事のときからずっと、二本のディルドとバストのクリップによって、沙希は得体の知れない熱っぽい疼きに苛まれていた。

慣れると思っていた。

ところが花弁とアヌスは、ムズムズした掻痒感に見舞われ続け、恥ずかしい愛液をゴムパンティにずっとしたたらせていた。

あふれ出した蜜でパンティは濡れ、さらには両サイドから漏れて、太ももまでもお漏らししたように濡らしてしまう。

昨日から何度ハンカチで、股のところを拭ったかわからない。

(この強い匂い……電車の中でも、男の人がくんくんと嗅いでいた……)

帰りの電車での恥ずかしさといったら、もう消えてなくなりたいほどだった。

身体をひねったり、脚を動かしたりするだけで、ゴムパンティがキュッキュといやな音を出し、お尻と膣に埋められたプラスティック製のディルドが、奥まで食い込んできて、声をあげそうになるほど、感じさせられてしまうのだ。

(あンッ……もう……これを抜いて……シャワーを浴びさせて)

何度このパンティを脱ごうと思ったことだろう。

しかし、亮太の余裕が怖かった。

なにか仕掛けがあるのではないか。外したことを示す印がどこかにあるのではないか。そう思うと、どうしても逆らえない。

外せるのは、トイレのときだけ。

眠るときも入れたままだったから、うとうととしても、体内の奥深くで甘い熱気が生ずれば、目を開けざるを得なかった。

少し気を抜けば、まるで男性器で性交しているような淫らな気分になってしまい、膣口や肛門でディルドを締めつけてしまうのだ。

（あっ……はあああ……っ……）

何度自分でディルドを出し入れさせて、慰めようと思ったことだろう。

それでもそこまでみじめにならなかったのは、沙希の女としてのプライドの高さからであった。

亮太がやってきたのは、電話をしてから三十分後のことだった。

とても昼までもちそうになかったのだ。

玄関に亮太の姿をとらえた瞬間、沙希は崩れ落ちそうになった。

ハアハアと息があがり、視界がぼんやりと薄れていく。

「大丈夫かい？　しかし真面目だねえ……こんなになるまでディルドを入れっぱなしにしておくなんて……」

「だって……だってあなたが、取っちゃいけないって……」

自分の声が甘く媚びたものに変わっている。沙希は自分自身の変化に驚いてしまった。

だが、そんなことを気にする余裕はもう、ない。

夫以外の男を家に入れても、仕方ないとすら思っているのだから。

「約束通り取ってあげるよ。しかし可愛いパジャマだねえ、それを脱いで、気をつけするんだよ」

「ああ……は、はいっ……」

もう抗う気力さえ残っていなかった。

沙希はパジャマを脱ぎ、キャミソールとブラジャーも取って、亮太の前に対峙した。

「おおー。たった一日で、いやらしい身体になって……じゃあ、抜くね」

後ろの穴と前の穴に刺さった張り型が抜かれ、乳首のクリップがほぼ半日ぶりに外された。ゴムパンティを脱がされると、ようやく身体をしめつけるものはすべて取り払われて、沙希は安堵のため息をつく。

「ハア……ハア……はあああんっ……」

それなのにだ。

乳首は痛ましいほどに屹立し、ジンジンと熱い疼きが続いている。

今までずっと栓をされていたディルドが抜かれ、膣内とアヌスが切なくてたまらなくなっていた。

「ああ、いやらしいっ……たまらないよっ……」

亮太に後ろから抱きしめられ、乳房を強く握られた。

「あ、ああんっ、はああんっ……ああ！」

身体がガクガクし、目の前が一瞬真っ白になった。

ようやく望むような愛撫を施され、肉体が歓喜にざわめいたのだ。

「いくよっ……」

いつのまにか裸になっていた亮太がそう口にした瞬間、今までのディルドでは味わえなかった深いところまでえぐられ、沙希は大きくのけぞった。

「はあああああ……！」

沙希はほとんど泣き出しかけていた。

夫との営みでは絶対に味わえない、深い部分でめくるめく快楽を与えられ、全身がとろけそうになっていた。

「ああんっ……いいっ、いいわっ……ああんっ……はああんっ」

揺さぶられながら、沙希は悟った。

夫のことを愛している。

だが、沙希ははっきりと自覚していたのだ。

女はより深いオルガスムスを与えてくれる相手に、なびいてしまうものだと。

悔しいけど、この快楽からは逃れられない。

(いいわ……その代わり、パパとママの会社は、絶対に立て直してもらうから)

改めて沙希は、亮太のものになることを心の中で誓うのだった。

エピローグ

「うまくいきました」

社長室に入ってきた経営企画室の野村《のむら》は、満面の笑みで、亮太や専務の根岸と顔を見合わせる。

「やはり、金に困っていたんだな」

根岸がいつもの真面目な顔で、野村に訊いた。

「ええ。不動産に手を出したらしく……一株五十万と言ったら食いついてきました。口止め料込みで多少は高くつきましたが……」

彩花の言っていた、親戚の株である。

調べてみると金に困っていると聞いたので、買い取るといったら案の定食いついてきた。

「これでウチにあるのは、フィーチャークロスの株七十パーセント。このあと、株式を非公開にして上場廃止にすれば、GGDの買収は不可能だ」

根岸は涼しげな顔でそう言った。

亮太はそれを訊いて、改めて根岸の手腕に驚いていた。

「前田くん、ホントにこれでよかったんだろうな。そもそもは、フィーチャークロスなんか出資する価値のない会社なんだぞ」

根岸が鋭い声で言った。

「大丈夫です。あそこの開発した検索エンジンのシステム、ウチのシステムの技術で改良を施してかなり進化したものになりました。これを売り込めば、業界が再編するほどのパワーバランスになります」

そのとき、内線の呼び出し音が鳴った。

亮太は受話器を取る。技術部のチーフの桑原《くわばら》からだった。

桑原は亮太と同じ元フィーチャークロスのエンジニアで、亮太のアプリを共同で開発した男だった。

「なんだよ。今、打ち合わせ中……」

『大事な用なんだ、亮太。例の検索エンジンに関わる話だ』

胸騒ぎがする。

一旦打ち合わせをやめてもらい、慌てて亮太は開発室に向かった。

桑原が手招きした。デスクまで行くと、桑原は身体を丸めて声をひそめた。

「誰かが、ウチのサーバに侵入した」

「……は？　まさか」

「今調べてるが、間違いないだろう」

亮太は唾を飲み込んだ。

「……うちのセキュリティは完璧だぞ」

「そうだ。だから呼んだんだ。誰かにパスワードを漏らさなかったか？」

「パスワードを？」

サーバのパスワードはセキュリティのために毎週変更する。

週一でメールが送られてきて、それをもとにサーバにアクセスするのだ。

「するわけない。あと、パスワードを知ってるのは？」

「根岸さんだけだ。だけど、根岸さんはサーバにアクセスなんかしたことない。

そもそも財務とか、手でやるからな、あの人は」

亮太は考える。

セキュリティは完璧だからと油断していた。

サーバには財務のもろもろやシステムの案件など、重要なものがアップされていて、亮太はそれをダウンロードして確認するのだ。

「いったい何を盗まれたんだ」

「わからない。それを今から確認する。しばらくサーバはアクセスできなくなるからな」

メールにあったパスワード……。

考えながら社長室に戻り、ハッとなった。

慌てて秘書課に内線電話を入れる。

「ああ、すみません。あの……秘書課の山岸さんは……え？」

しばらく休んでいると聞いて、急に動悸が速くなった。

メールを見られるとすれば、美咲しかいない。

(だけど……美咲ちゃんが侵入する意味は？　情報を売りたかったとか……いや、そんなはずはない。そんな危ない橋を渡るような人じゃない)

美咲に電話してみるものの、ずっと話し中だった。

時間がなかった。今日は彩花や沙希と、フィーチャークロスに出向いて、話し合いをする予定だった。

（まずいな……どうしよう）

とりあえず会社のクルマで、彩花と沙希のふたりを迎えに行く。

三人で後部座席に並んで座り、ことの顚末を話した。

「どうするの？」

彩花が訊いてきた。

「とにかく、美咲ちゃんをつかまえます。フィーチャークロスとの取引の話は、申し訳ないけど延期と伝えてください」

亮太はスマホで美咲に電話をかけながら言う。いまだに美咲には一度もつながっていなかった。

「なんで秘書がサーバに侵入するの？　いったいどんな人なのよ」

沙希が訊いてきた。

亮太は電話を切り、スマホに保存してあった美咲の写真を見せた。

「有能な人なんだよ」

もちろん彩花の身代わりとして、美咲を抱いていたことは黙っていた。

「あれ、この人……」

沙希が写真を見て、難しい顔をする。

「この人、思い出したわ……GGDの榊と一緒にいた。ちょっとだけしか顔を見なかったけど、キレイな人だったから印象に残ってる」

「まさか……」

亮太は絶句する。

GGDとつながっていた？

「そんなばかな……採用のときに調べたのに……GGDなんかに関係はないって」

ふたりをフィーチャークロスで降ろし、美咲の住むマンションに向かった。

美咲の旦那の連絡先にもかけてみたが通じなかった。

いるわけないと思いながらも、いてもたってもいられなかった。

（美咲ちゃん……どうして……）

しかし、すぐに理由は思い当たった。

復讐だ。

自分は性的な欲求を満たそうと、美咲を犯した。

しかもなかなか手を出せない憧れの人の身代わりとしてだ。

マンションの前でクルマを待たせ、敷地に入る。

(なんとか部屋の中に入れないか?)

雇い主だと言って、セキュリティと部屋の鍵を開けてもらえないだろうか?

そんなことを思いながら、エントランスに行くと、ちょうど美咲が玄関から出てきたところだった。

「美咲ちゃん!」

「社長……」

亮太の顔を見て一瞬驚いたものの、美咲の表情は落ち着いたものだった。

美咲は大きなスーツケースを持っていた。

「ごめん……その……」

「謝らないでください。もういいんですから」

さばさばとした口調で言われた。

「いろいろひどいことして、憎んでるのはわかるけど……」

亮太が言うと、美咲は笑った。

「やっぱりわかってない」

美咲が言う。

「え?」

「私、社長のこと好きだったんですよ」

「ええ?」

亮太は驚いた。

「だから……私……あのままでもよかったんです。自分勝手だけど、あなたの才能は認めていました。陰で努力しているのも知ってたし」

美咲は寂しそうに笑い、続けた。

「けど……社長は彩花さんを手に入れたから、私なんかどうでもよくなって……ホントに社長は人の気持ちがわからないんですね、コンピューターのことはなんでもわかるのに」

「……美咲ちゃん……あの……」

「私、夫と離婚したんです」

「え……」

「慰謝料代わりに、GGDさんに最新の検索エンジンシステムの情報流して、お金をもらっちゃいました。GGDさんはもともとフィーチャークロスでなくて、ウチの会社の……天才アプリエンジニアの技術を盗みたかったみたいですよ」

言われて、亮太は崩れ落ちそうになった。

榊はおそらく両取り……フィーチャークロスもユニバーサルフラップも、どちらも手に入れようとしていたのだ。

美咲は続けた。

「これからGGDさんは、フィーチャークロスではなくてユニバーサルフラップに買収を仕掛けてくるはずです。がんばって阻止してくださいね」

さらりと言われて、亮太はうろたえた。

「そんな……サーバに入られたんなら、向こうはもうウチの財務状況もわかってるんだろう。阻止なんかもう無理だよ……」

「ハッキングで訴えるとかできないんですかね。まあ、GGDさんがそんなヘマをするとは思えないけど」

美咲がまた笑う。

「ねえ、社長。いっときでも彩花さんたちが手に入ったんだから、会社はもういいでしょう？　そうそう、根岸さんにもいろいろお世話になったんで……よろしくお伝えください」

「根岸さんも……」

亮太は呆気にとられた。

根岸がどうしてあれほど嫌っていたフィーチャークロスの買収に、急にＯＫを出したのかようやくわかった。

おそらく乗り換えたのだ。ＧＧＤに。あの人は勝ち馬に乗る人だ。

美咲が去っていく。

追う気力もなかった。

(結局、なんも残らなかったな……)

ユニバーサルフラップという後ろ盾を失った亮太に、彩花も沙希ももう見向きもしないだろう。

人の気持ち……そんなことは考えたことなんかなかった。

信じられるのは金だけだ。金なら気持ちも買えると思っていた。

クルマのところに戻る。

彩花と沙希が立っていて、亮太はハッとなった。

「あ、あのさ……実は……会社なくなっちゃったかも……」

彩花と沙希は、驚いた顔をする。

「僕を訴える？」

あれほどひどいことをして、ただですむわけないと思った。

ところがだ。

ふたりが両脇から腕をからめて、たわわな胸のふくらみを押しつけてきた。

「え……？　な、なに……？」

「聞いたわよ、フィーチャークロスで。ＧＧＤはウチじゃなくて、あなたの会社を乗っ取るんでしょう？」

立場は逆転した。彩花はうれしそうだ。

「いや……そうなんですけど……え……でも、なんで」

戸惑っていると、沙希が言った。

「あなたなんか大嫌いっ……私のすべてを奪って……」

腕をつねられた。

「いたたたたっ……え……」

顔をしかめたときに、沙希が背伸びして頬にキスをしてきた。

「は、え？」

「ひどい子よね。私と沙希、ふたりを順番にレイプするなんて。ホントに鬼畜よ」

彩花も睨んできて……だが、キスをされていた。

「え……えええ？」

亮太はふたりの顔を交互に見た。

まるで意味がわからなくて、きょとんとする。

ふたりが笑った。

「あなたはコンピューターよりも、女心をわかった方がいいわね。フィーチャークロスに戻って、イチから勉強しなおしなさい」

昔のように、彩花に厳しく言われた。

「は、はあ……」

適当に返事をすると、またふたりに笑われた。

なんで笑われているのかわからないが、なんとなく亮太も苦笑いした。

女心ってなんだろう。

亮太はその疑問で頭をいっぱいにしながら、ふたりと恋人のように腕をからめて歩き出すのだった。

＊この作品は、書き下ろしです。また、文中に登場する団体、個人、行為などは実在のものとはいっさい関係ありません。

二見文庫

女性社長《じょせいしゃちょう》 出資《しゅっし》の代償《だいしょう》

2021年 2月 25日　初版発行

著者　桜井真琴《さくらいまこと》

発行所　株式会社 二見書房
東京都千代田区神田三崎町2-18-11
電話 03(3515)2311［営業］
03(3515)2313［編集］
振替 00170-4-2639

印刷　株式会社 堀内印刷所
製本　株式会社 村上製本所

落丁・乱丁本はお取り替えいたします。
定価は、カバーに表示してあります。

ISBN978-4-576-21013-1
https://www.futami.co.jp/

淫情ホテル

SAKURAI,Makoto
桜井真琴

雄一は商社をリストラされたばかり。興味本位で受けたセミナーのおかげで、なぜか、催眠術をかけられるようになっていた。そんなとき、あるホテルの経営を立て直して欲しいと言われ、新支配人として赴くことに。ここはなぜかワケアリの客が多く、つい催眠術を使って癒したりしているうちに、一線を越えるようになり……。俊英による書下し官能エンターテインメント！

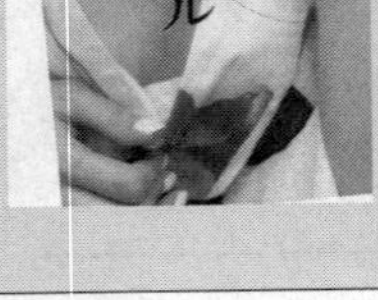

二見文庫の既刊本

人妻たちに、お仕置きを

SAKURAI,Makoto
桜井真琴

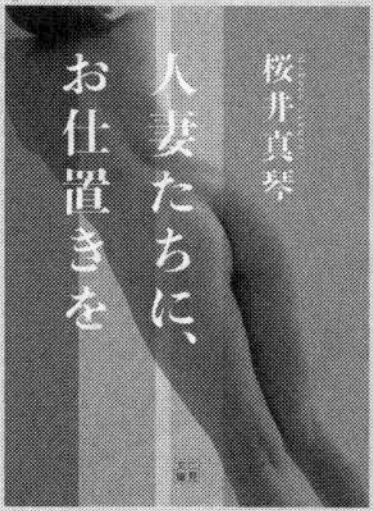

父親がある男たちに嵌められた歩は、借金を背負うことになってしまう。ならば、事件の関係者の女たちとセックスしてから死のう、と考えた彼は、友人の母親をまず監禁して辱めると、さらに教育実習生の女性、父親の後妻にも同じことを——。が、なぜか、三人の家に動きがない。歩はそれぞれの家を調べて、驚愕の事実を知る……。

二見文庫の既刊本

彼女の母と…

SAKURAI,Makoto
桜井真琴

涼太は42歳の上司で美人課長の礼子から厳しい言葉で説教される日々を送っていた。そんな彼にとって、唯一の心のよりどころはカノジョである千佳。Mっけがある彼女は、変わったプレイにも応じてくれるのだ。その日も部屋で裸にエプロンという姿にさせ交わっていた――ところに突然入ってきたのが礼子で……。

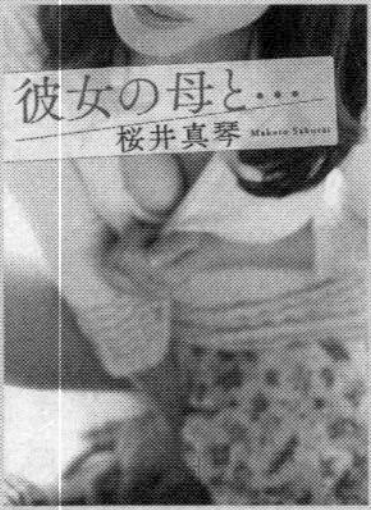

二見文庫の既刊本

人妻 交換いたします

SAKURAI,Makoto
桜井真琴

克美の父親が再婚した。36歳の奈保子だ。早速彼女の昼寝姿を見て、いたずらしてしまう彼。その一方で、バイト先の人妻・美咲に惹きつけられる日々であった。ある日、バイト仲間の保から「美咲を抱かせてやるから、奈保子さんとさせろ」と提案が。それは無理、と考えた克美だったが、保の口車に乗せられて……俊英が放つ書下し痛快官能エンターテインメント！

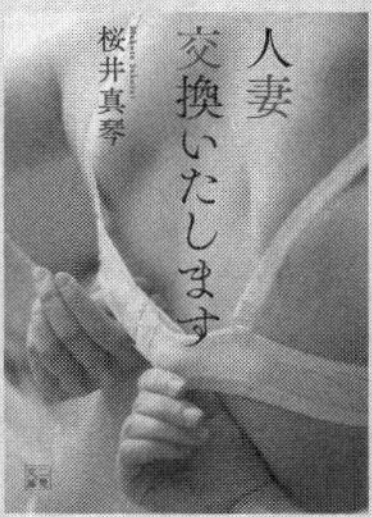

二見文庫の既刊本

下町バイブ

SAKURAI,Makoto
桜井真琴

マッサージチェアを開発販売する小さな製作所に入った純平は、技術もあり高品質な製品を作っているのに、赤字が続く会社を再建しようとする。妻の出張で一時同居することになった義母が自社のハンドマッサージ器でオナニーするのを目撃してしまった彼は、新しい販路を求めて、ＡＶ業界に売り込もうとするが……。話題沸騰の書下し官能エンターテインメント！

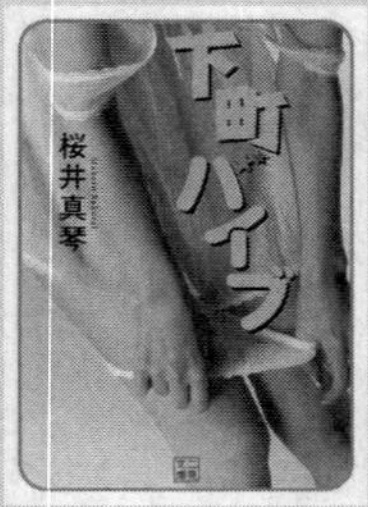

二見文庫の既刊本

人妻 夜の顔

SAKURAI,Makoto
桜井真琴

正一郎は、数年前に妻を亡くし、夫婦でやっていた居酒屋は彼を慰めようとする常連で成り立っていた。そんななか、近所の神社で、お参りをする美しい人妻・沙織と出会う。夫との倦怠期で家出中だと言う彼女。彼女の誘いで一線を越えた二人だが、しばらく泊めてくれと沙織が言いだした。実は彼女には秘密があって——。俊英による新世代の書下し官能!

二見文庫の既刊本

捨てる人妻、拾う人妻

TACHIBANA,Shinji

橘 真児

一雄は三十を前にゴミ回収のバイトをやることにした。ある日、いつも挨拶をしてくれる人妻・希代美の家のポリバケツの底に小さな袋が。持ち帰って開けてみると、パンティと携帯番号が書かれたメモも入っていた。かけてみると、希代美が「使ったでしょ」と。そして自宅に呼ばれ……。バイトをきっかけに回収コースの人妻と懇意になっていくのだが——。書下し官能!

二見文庫の既刊本

ネトラレ妻 夫の前で

KIRIHARA, Kazuki
霧原一輝

48歳の功太郎は、再婚相手の翔子を前に肉体的な衰えを感じ始めていた。その上、翔子が他の男に貫かれ、喘いでいるところを想像すると、昂奮するようになってしまったのだ。自分の性癖に気づいた彼は、部下を自宅に泊めた際に、翔子に「誘惑して筆下ろししてやれ」と伝え、いやいや応じた翔子と部下のセックスに快感を見出すのだが……。書下し回春エロス！

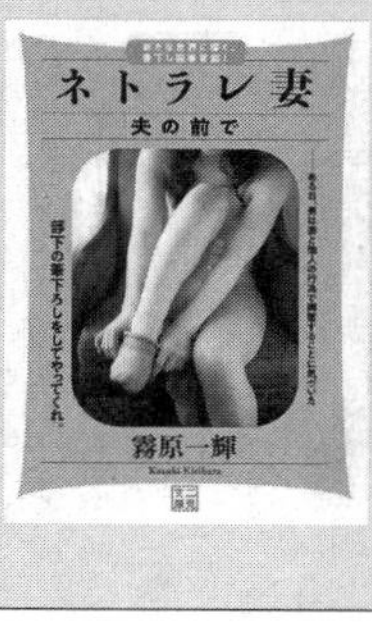

二見文庫の既刊本

七人の人妻捜査官

SAKURAI,Makoto
桜井真琴

新宿北署に「性犯罪対策課」が新設されることになり、課長の美佐子を含む7人の人妻の警察官が集められた。まずは満員電車の痴漢摘発に成功、次は店のツケを回収できないと顧客との愛人関係を強要する噂のあるセクキャバ。証拠をつかむために真紀が潜入するが、署内に内通者の存在が判明、彼女の体が危険にさらされていく——。書下しニューウエイヴ官能!!